KB248452

임영기 新무협 판타지 소설
FANTASTIC ORIENTAL HEROES

대사부 5

임영기 新무협 판타지 소설

초판 1쇄 찍은 날 § 2010년 2월 23일
초판 1쇄 펴낸 날 § 2010년 2월 27일

지은이 § 임영기
펴낸이 § 서경석

편집장 § 문혜영
편집 § 주소영

펴낸곳 § 도서출판 청어람
등록번호 § 제1081-1-89호
등록일자 § 1999. 5. 31
어람번호 § 제2-1894호

주소 § 경기도 부천시 원미구 심곡2동 163-2 서경B/D 3F (우) 420-822
전화 § 032-656-4452 팩스 § 032-656-4453
http://www.chungeoram.com
E-mail § chungeoram@chungeoram.com

ⓒ 임영기, 2009

ISBN 978-89-251-2097-3 04810
ISBN 978-89-251-2031-7 (세트)

대사부

大邪夫

FANTASTIC ORIENTAL HEROES

임영기 新무협 판타지 소설

5

영웅과 미녀

도서출판 청어람

目次

第四十五章

죽으라면 너는 죽으라

하인들의 말에 의하면, 소옥군과 소효령 모녀는 동이 트자
마자 이른 아침에 낙성검가를 떠났다고 한다.

그 말을 듣고 기개세는 전문 밖에 나가 한동안 우두커니 서
있었다.

물론 소옥군이 돌아올 것이라 기대하는 것은 아니다. 다만
그녀가 떠났다는 사실 때문에 충격을 받아서 어찌해야 좋을
지 몰라서 우두커니 서 있는 것이다.

소옥군이 떠났다.

물론 첫 번째 외출이 끝나고 대정숙에 돌아가면 만날 수 있
을 것이다.

하지만 그녀가 떠난 것은 그녀의 마음이 기개세의 마음에서 떠났다는 것을 의미한다.

역시 소옥군은 지난밤에 기개세가 가란, 설화쌍봉과 알몸으로 한 덩이가 돼서 자고 있는 광경을 보고 충격을 받은 것이 분명했다.

그것은 그녀가 예전부터 기개세의 여자를 대하는 행동을 좋게 보지 않았다는 뜻이다.

그게 쌓이고 쌓여서 결국은 기개세를 떠난 것이다.

기개세는 전문 밖에 일각 동안 우두커니 서 있으면서 많은 생각을 했다.

그 끝에 두 가지 결론을 내렸다.

비록 소옥군이 떠났으나 절대로 그녀를 놓치지 않겠다는 것.

그리고 그녀를 위해서는 앞으로 여자를 대하는 자신의 태도를 고쳐야 한다는 사실이다.

기개세는 가란과 설화쌍봉, 형곤, 철웅, 고태를 데리고 연공실 지하로 내려갔다.

지상에서 지하로 내려가는 입구가 두꺼운 석문이고, 또 사방이 밀폐된 석실로 들어가면 그곳에서 나누는 대화는 누구도 들을 수 없다.

"두 번 말하지 않을 테니까 내 말 잘 들어라."

기개세는 석실 바닥에 책상다리를 하고 앉아서 여섯 사람을 자신의 앞에 반원형으로 앉혀놓고는 진지하게 말문을 열었다.

가란과 형곤 등 여섯 사람은 바짝 긴장한 표정으로 기개세를 주시했다.

그들은 기개세의 지금 같은 모습을 처음 본다. 예전의 그는 아무리 심각하고 중대한 일이라 해도 항상 웃으면서 아무것도 아니라는 듯이 얘기했다.

여섯 사람이 보기에 지금의 그는 일의 가벼움과 중요함을 구분할 줄 알게 된 듯했다.

"내가 처해 있는 상황과 앞으로 너희들이 지켜줘야 할 것들에 대해서 말해주겠다."

그것은 그들이야말로 몹시 듣고 싶어했던 것이다.

이어서 기개세는 자신과 낙성검가와의 관계가 계속 이어지고 있다는 것과 대정숙에서 돌아가는 일에 대해서 자세히 설명했다.

그리고 마지막으로 자신이 우연한 기회에 천검신문의 문주가 됐다는 사실마저도 솔직하게 얘기했다.

그것은 지금까지 아무에게도 말하지 않은 비밀이다. 소옥군을 그토록 좋아하면서도 그녀에게 일언반구도 발설하지 않았다.

어쩌면 그때는 천검신문에 대해서 모르고 있었기 때문에

말해줄 만한 것이 없어서 그랬을까?

아니다. 천검신문에 대해서 알았다고 해도 소옥군에게는 말하지 않았을 것이다.

사랑을 느끼고 있는 그녀지만, 목숨을 걸고 믿을 만큼 신뢰하지는 않기 때문이다.

신뢰라는 것은 하루아침에 생기는 것이 아니다. 오랜 세월 동안 숱한 고락을 함께 겪는 과정에서 차곡차곡 쌓여가는 것이다.

그런 점에서 가란과 형곤 등 여섯 사람은 기개세가 목숨을 걸고 믿을 만한 친구들이다.

비록 그들이 쟁쟁한 무림고수가 아니어서 기개세를 직접적으로 도울 수 있는 처지가 아니더라도 말이다.

애기를 모두 듣고 난 여섯 사람은 모든 사실을 알게 되어 속이 후련하면서도 천검신문이라는 것 때문에 몹시 긴장한 표정이 되었다.

얼마 전에 기개세가 그랬듯이 이들 여섯 사람도 천검신문이 무엇인지 전혀 모른다.

다만 뇌룡문과 태극문, 성검문, 취봉문 같은 어마어마한 대문파들이 기개세의 수하가 됐다는 사실로 미루어봤을 때, 천검신문이 엄청난 것이라고만 짐작할 뿐이다.

"형곤, 철웅, 고태, 너희 셋은 앞으로 이곳에서 낙성검가의 무공을 배워라."

"알겠습니다."

"나와 함께 행동하려면 웬만큼은 고수가 되어야만 한다. 그러지 않고서는 너희를 그저 심부름꾼으로밖에 써먹을 수가 없을 것이다."

'심부름꾼'이라는 말에 세 사람은 충격을 받은 표정이다.

그러나 곧 주먹을 움켜쥐며 강인한 표정을 떠올렸다. 굳이 말하지 않아도 그들이 내심으로 기필코 고수가 되겠다고 결심하는 것을 알 수 있었다.

"그리고 너희들."

기개세는 가란과 설화쌍봉을 쳐다보았다.

"네!"

세 여자는 단정하게 무릎을 꿇은 채 맑은 목소리로 종달새처럼 합창했다.

형곤 등 삼야차가 극도로 긴장하고 있는 것과는 달리 그녀들은 생글생글 미소 짓고 있었다.

기개세의 설명을 들을 때에는 자못 긴장한 듯하더니, 언제 그랬냐는 듯이 그를 바라보며 한 번이라도 더 눈을 맞추려고 안달복달이다.

기개세와 함께 있으면 지옥에서라도 생글거리면서 애교를 부릴 그녀들이었다.

"기루가 완성될 때까지 이곳에서 지내라. 어떻게 생활해야 하는지는 잘 알겠지?"

명문가의 여자들처럼 현량방정(賢良方正)하게, 그러나 편안히 지내라는 뜻이다.

"네!"

세 여자는 또 종달새처럼 합창을 했다.

지하 석실을 나온 기개세는 가란과 형곤 등 여섯 사람을 이끌고 하여상을 찾아갔다.

그 자리에 유석과 유정도 불렀다. 그들에게도 가란과 형곤 등을 소개시켜야 하기 때문이다.

하여상은 기개세가 친구들을 소개하러 온다는 기별을 받고는 딱딱한 분위기를 없애기 위해서 커다란 탁자에 빙 둘러앉아 차를 마시기로 했다.

과연 그녀의 뜻대로 도합 열 명이 탁자에 둘러앉으니까 첫 대면의 어색함이 많이 상쇄되는 듯한 느낌이었다.

기개세의 왼쪽에 가란과 설화쌍봉이, 오른쪽에 형곤과 철웅, 고태의 순서로 앉았다.

그리고 맞은편에는 하여상과 그녀 좌우에 유정과 유석이 앉았는데, 그들 세 사람은 모두 훈훈한 미소를 지으며 기개세와 친구들을 맞이했다.

그런 표정만으로도 하여상 등이 기개세의 친구들을 무조건 환영하고 있다는 사실을 알 수 있었다.

둥근 탁자 둘레에 그렇게 앉다 보니까 유석 옆에는 화봉이, 유정 옆에는 고태가 앉게 되었다.

유석은 화봉에게 담담히 미소를 지으면서 차를 따라주곤 하지만, 유정은 고태에게 차를 따라주는 것은 고사하고 그의 얼굴도 제대로 바라보지 못하고 있다.

유정의 눈에는 고태가 너무도 아름답게 보였다. 어떻게 남자가 이처럼 아름답고 고결한 품격을 지닐 수 있는지 그녀는 그저 놀라울 따름이었다.

"엄마, 이 사람들은 고향 친구들이에요."

기개세는 두 팔을 벌려 보이면서 여섯 사람을 소개했다.

"형곤입니다. 잘 부탁드립니다."

형곤을 필두로 철웅과 고태가 일어나 공손히 허리를 굽히면서 차례로 자신의 이름을 밝혔다.

형곤과 철웅은 밑바닥 인생으로서 예전에는 이런 상황에 처한 적이 한 번도 없었다.

그렇다고 따로 누군가에게 예절을 교육받은 적도 없기 때문에 실수를 하지 않으려고 바짝 긴장하여 최선을 다해서 인사를 했다.

고태는 무창성에서 가장 유서 깊은 유림인 청유서원의 아들이므로 예절을 걱정할 필요가 없다.

"가란이에요. 폐를 끼치게 되었군요. 소녀들이 잘못하는 것이 있으면 언제든 가르침을 주세요."

　원래 명문가의 무남독녀였던 가란이 일어나서 어떤 여자에게도 꿀리지 않을 만큼 맵시있고 우아하게 허리를 굽히며 인사를 했다.

　이어서 설화쌍봉이 차례로 인사를 했다.

　그녀들은 무창성 최고의 명기(名妓)로서 고관대작이나 천하의 내로라하는 손님들을 많이 상대하는 만큼 예절에서는 가란에게 뒤지지 않는다.

　여섯 사람이 인사를 할 때마다 하여상과 유석, 유정은 부드러운 미소를 지으며 마주 고개를 숙여 보였다.

　하여상 등은 기개세의 친구 여섯 명이 나쁜 사람이 아니라는 것을 한눈에 알아보았다.

　형곤은 얼굴에 눈에서부터 시작되어 코를 가로질러 반대편 뺨까지 긴 흉터가 뚜렷하게 새겨져 있으며, 천성적인 싸늘함과 경계의 자세가 몸에 배어 있다.

　만약에 하여상 등이 거리에서 형곤과 마주쳤다면 질이 좋지 않은 사람으로 여겼을지도 모른다.

　하지만 그는 하여상과 유석, 유정이 천만금보다 더 소중하게 생각하고 있는 기개세의 친구다.

　게다가 형곤이 최대한 예의를 갖추고 여간해서는 잘 드러내지 않는 본연의 훈훈함마저 약간 내비치고 있었으므로 하여상 등은 그를 호의적으로 받아들였다.

　철웅과 고태는 문제될 것이 없다. 철웅은 체구가 산만 하고 우락부락한 외모지만, 하여상 등은 그의 눈빛이 선한 것을 발견했다.

그리고 고태는 누가 보더라도 착해빠진 모습이다. 설혹 그가 많은 사람을 죽인 살인마라고 해도 아무도 그 사실을 믿지 않을 것이다.

가란과 설화쌍봉은 화려한 옷을 피하고 평범한 옷을 입고 있었으며 또 다소곳한 모습이었기에 그녀들이 기루의 주인이고 기녀라는 사실을 하여상 등은 조금도 상상하지 못했다.

기개세는 하여상을 보면서 형곤 등 세 명을 가리켰다.

"엄마, 오늘부터 이 친구들에게 본 가의 무공을 가르쳐 주세요. 말을 듣지 않으면 두들겨 패도 돼요."

그러자 형곤과 철웅, 고태가 벌떡 일어나 하여상에게 공손히 허리를 굽혔다.

"대부인! 많은 가르침을 바랍니다!"

바짝 긴장한 상태에서 얼마나 크게 외쳤는지 실내가 쩌렁쩌렁하게 울렸다.

하여상은 빙그레 온화하게 미소 지었다.

"대부인이 아니에요. 이제부터는 사부라 불러요."

철웅과 고태의 얼굴에 처음에는 놀라움이, 그다음에는 감격하는 표정이 떠올랐다.

원래 표정의 변화가 거의 없는 형곤마저도 하여상의 말에 눈빛이 흔들리고 뺨이 씰룩였다.

　어디서 굴러먹다가 온지도 모르는 사람들을 낙성검가 같은 명문가의 대부인이 서슴없이 제자로 거두었으니 놀라지 않을 수가 없는 일이다.

　기개세가 짐짓 노인처럼 핀잔을 주었다.

　"어허~! 무엇을 하느냐? 어서 사부님께 절하지 않고서!"

　그러자 화들짝 놀란 형곤과 철웅, 고태가 일제히 일어나 하여상을 향해 사부로 모시는 구배지례를 올렸다.

　절을 마치고 일어나 하여상을 향해 나란히 선 세 사람은 가슴이 두근거렸다.

　낙성검가에 입문한 문하제자라고 해서 모두가 하여상의 제자는 아니다.

　문하제자란 말 그대로 돈을 내고 입문만 하면 누구나 될 수 있는 것이다.

　하지만 형곤과 철웅, 고태는 낙성검가의 실질적인 가주인 하여상의 적전제자(嫡傳弟子)가 되었다.

　앞으로 하여상의 진전을 고스란히 물려받게 되고, 또 유사시에는 사부의 권한을 대행할 수 있는 권한이 주어지는 제자인 것이다.

　아침 식사 시간에 기개세와 관계가 있는 사람들이 커다란 식탁 둘레에 모두 모여 앉았다.

능소지 친구들은 어젯밤에 기개세가 데리고 돌아왔을 때 봤던 여섯 사람이 그의 양쪽에 앉아 있는 것을 봤으나, 별달리 어려워하지 않고 탁자에 둘러앉았다.

언제나 기개세의 옆자리를 두고 암투를 벌이던 손진과 우연은 낯선 여자 두 명이 그의 좌우에 앉아 있는 것을 보고 조금 서운해하는 표정을 지었으나 곧 평소처럼 행동했다.

가란과 화봉은 기개세의 좌우에 앉고서 당연한 듯한 표정을 짓고 있었다.

그녀들은 기개세의 무릎에 올라앉고 어깨에 기대며 팔을 끌어안는 등의 행동을 하지 못해서 좀이 쑤셨으나 꾹 참고 요조숙녀처럼 앉아 있었다.

설봉은 언제나 그랬듯이 화봉 옆에 다소곳이 앉아서 살포시 눈을 내리깔고 있다.

그녀는 무리한 욕심도, 질투도 하지 않는다. 그저 깊고 깊은 사랑을 아무도 몰래 혼자서만 가슴에 묻고 있을 뿐이다.

다소 긴장한 형곤과 철웅, 고태는 상체를 꼿꼿하게 편 채 앉아서 눈동자조차 돌리지 않았다.

기개세의 말에 의하면, 그의 능소지 친구들은 하나같이 명문대파 출신으로, 모두 대정생도라고 한다.

신분으로 치면 하오문도인 형곤 등 삼야차하고는 하늘과 땅 차이가 난다.

원래 신분 같은 것으로 주눅 들지 않는 삼야차지만, 자리가 자리이니만큼 긴장과 압박감이 합쳐져서 아예 돌부처가 되었다.

그때 처음에 실내에 들어설 때부터 소옥군이 보이지 않는 것을 이상하게 여기던 진운상이 기개세를 보면서 의아한 얼굴로 물었다.

"유 형, 천궁 소저가 어째서 보이지 않는 겐가?"

능소지 친구들은 그제야 소옥군이 보이지 않는 사실을 알게 되었다.

그들은 기개세의 얼굴이 우울하게 변하는 것을 보고 그와 소옥군 사이에 무슨 일이 있는 것이라고 직감했다.

하여상은 소옥군이 이른 아침에 모친과 함께 낙성검가를 떠났다는 말을 하인들로부터 들었으며, 유석과 유정은 하여상에게 들었으나 그것에 대해서는 기개세에게 아무것도 묻지 않았다.

진운상은 문득 소옥군이 식사 시간이 돼도 나타나지 않을 리가 없으며, 어쩌면 그녀가 낙성검가에 없을지도 모른다는 생각이 들었다.

"유 형, 혹시 천궁 소저하고 무슨 일이 있었나?"

진운상의 물음에 기개세의 얼굴에 자책과 괴로운 표정이 떠오를 뿐 대답을 하지 못했다.

손진이 방그레 미소 지으면서 기개세에게 물었다.

"또 그녀의 엉덩이를 더듬다가 싸웠나요?"

그 말에도 기개세는 입을 꾹 다문 채 착잡한 표정만 짓고 있을 뿐이다. 그런 그의 모습은 전혀 평소의 그답지 않은 것이었다.

문득 손진은 살짝 얼굴을 붉혔다.

"그렇게 몸을 만져 주는 것을 좋아하는 여자가 있기는 해요."

그렇게 말하면서 그녀는 속으로 '바로 저예요'라고 중얼거렸다.

하지만 같은 순간에 가란과 설화쌍봉도 속으로 '저두요!'라고 외쳤다는 것을 아는 사람은 아무도 없다.

"하지만 제가 봤을 때 군아는 그런 것을 좋아하지 않는 것 같았어요. 아니, 그 정도가 아니라 질색하는 것 같았어요."

기개세를 비롯하여 모두들 손진의 말에 공감했다.

"그런데 유 상공은 공공연하게 천하의 강남천궁을 내 여자라느니 마누라라느니 하면서 집적거리며 자꾸 더듬으니까 그런 것은 오히려 역효과를 일으킬지도 몰라요."

손진이 질투해서가 아니라 진심에서 우러나는 말을 하고 있다는 것을 모두들 느낄 수 있었다.

평소에 기개세에게만큼은 무조건 끔뻑 죽는 손진이 바른 말을 하자 그는 입이 열 개라도 할 말이 없었다.

철웅을 제외한 가란과 형곤 등 다섯 사람은 '강남천궁'이라는 말을 듣고 놀라움을 금치 못했다.

그들은 비록 무림인이 아니지만 '천궁 소저'라는 말이 강남천궁을 의미한다는 것을 잘 알고 있었다.

원래 강남천궁, 강북천봉이라는 말은 무림에만 국한된 미명이 아니다.

그것은 당금 천하에서 가장 아름다운 두 명의 절세미녀를 가리키는 칭호다.

그것을 무창성 제일기루인 쌍봉루의 루주인 가란과 설화쌍봉, 그리고 하오문주인 형곤, 평소 글 읽기와 세상의 소문 듣기를 좋아하는 고태가 모를 리가 없다.

단지 무술 연마와 먹는 것밖에 취미가 없는 철웅만이 모르고 있을 뿐이었다.

가란과 형곤 등은 기개세가 천궁 소저를 자신의 여자, 혹은 마누라라고 말했다는 손진의 말을 듣고는 놀라면서도 반신반의하는 얼굴로 기개세를 쳐다보았다.

그때 기개세가 자리에서 벌떡 일어났다.

"내가 잘못해서 군아가 떠났다! 모두에게 미안하다!"

이어서 그렇게 외치듯이 말하면서 갑자기 허리를 깊숙이 숙였다.

모두들 깜짝 놀라서 쳐다보았으나 그는 허리를 굽힌 채 꼼짝도 하지 않았고, 더 이상 말하지도 않았다.

기개세가 이런 모습을 보이는 것은 처음이다. 그래서 모

두들 적잖이 놀라는 표정을 지을 뿐 아무도 입을 열지 않았
다.

하여상과 능소지의 친구들은 기개세가 소옥군에게 대체
무엇을 잘못했는지는 알지 못하지만, 대신 다른 사실을 알 수
있었다.

그가 진심으로 잘못을 뉘우치고 있다는 것, 그리고 천방지
축인 그가 넘어지고 부딪치며 여기저기 다쳐 가면서 세상을
한 가지씩 깨달아가고 있다는 사실이다.

*　　　*　　　*

"상아, 너는 대정숙에 돌아가는 즉시 능소지에 가입해라."

이날까지 나운상은 한 번도 부친의 말을 거역한 적이 없
다.

명문세가 대부분의 자제들이 그렇듯이, 그녀도 부친의 말
을 지상명령으로 여기기 때문이다.

또한 이의를 제기하거나 토를 다는 경우도 없었다.

이번에 나운상은 대정숙에서 외박을 나올 생각을 전혀 하
지 않았었다.

그녀는 대정숙에 입교한 이후 사 개월 동안 딱 한 번 외박
을 나왔을 뿐이다.

그런데 이번 외박 전날 저녁에 그녀가 묵고 있는 정생전(丁生殿)을 관할하는 중간 우두머리 정등장령(丁等將領)이 은밀하게 그녀를 찾아왔었다.

그는 부친 나궁조의 전언(傳言)을 가지고 왔다. 정등장령이 나운상을 찾아온 것은 처음 있는 일이다.

그리고 대정숙 밖에 있는 부친이 정등장령을 마음대로 부릴 수 있다는 사실도 처음 알게 되었으며, 그래서 그 사실에 나운상은 적잖이 놀랐다.

정등장령이 전한 부친의 말인즉, 이번 외박 날에 본가로 오라는 것이었다.

이런 일도 처음 있는 일이라서 나운상은 몹시 궁금하게 여기며 외박을 나왔다.

그런데 부친은 외박을 나온 날과 그 다음날도 도통 모습을 볼 수가 없었다.

모친의 말에 의하면, 부친은 그녀가 외박을 나오기 이틀 전에 성검문을 나가고 나서 그때까지도 돌아오지 않고 있다는 것이었다.

부친뿐만 아니라 두 명의 오빠도 부친과 함께 나가서 돌아오지 않고 있다.

나운상이 내일이면 다시 대정숙에 들어가야 하는, 사흘 외박을 하루 남겨놓은 날 부친은 성검문에 돌아왔다.

그리고는 나운상을 불러서 앉혀놓고는 거두절미하고 방금

그 말을 불쑥 꺼낸 것이다. 아니, 그것은 명령이다.

나운상은 이번에 부친의 명령으로 외박을 나온 이후 이틀 동안 줄곧 연공실에 틀어박혀서 무공 연마만 했다. 일각이 아까운 그녀는 어디서든 틈만 나면 무공 연마를 일삼았다.

그녀는 무공을 연마하면서 이따금 부친이 무엇 때문에 외박을 나오라고 한 것인지에 대해서 곰곰이 생각했고, 결국 해답을 추측할 수 있었다.

낙성검가의 차남인 유영에 관한 일이 분명할 것이다.

지난번에 뇌룡문의 소문주이자 대정숙 오청반 팔세영웅의 발장인 담신기가 외박을 나갔다가 와서 나운상에게 놀라운 말을 한 적이 있다.

말인즉, 대정숙 계생도인 낙성검가의 유영을 주군으로 모시고, 모든 수단을 동원하여 그가 무사히 대정숙을 수료할 수 있도록 호위하라는 것이었다.

그 당시에 나운상은 그 말을 승급 시험이 바쁘다는 핑계로 묵살했었고, 시험에서 합격한 다음날 외박을 나온 것이다.

부친이 어떻게 대정숙의 정등장령을 마음대로 부릴 수 있는 것인지, 그리고 능소지를 어떻게 알고 있는지 궁금하지만 당면 문제는 그것이 아니다.

"무엇 때문인지 이유를 여쭤봐도 되나요?"

부친의 말, 아니, 명령 이후 한동안 침묵을 지키던 나운상은 차분하게 가라앉은 목소리로 입을 열었다.

그러나 부친은 침묵으로 그녀의 물음을 묵살했다.

일순 나운상의 턱이 볼록해졌다. 어금니를 지그시 악물었기 때문이다.

사실 그녀가 부친 앞에서 지금과 같은 행동을 하기는 처음 있는 일이다.

하지만 그녀의 침묵 항변은 거기까지가 전부였다. 부모에게 어떻게 불복을 하고 또 항변을 하는지 방법조차 배운 적이 없기 때문이다.

무림에서나 대정숙에서는 강북천봉으로 명성이 쩌렁한 그녀지만, 가문에서는 다만 엄부 슬하의 말 잘 듣는 착한 딸일 뿐이다.

"소녀가 능소지에 가입한 후에 무엇을 하나요?"

현재의 그녀에게 부친의 명령은 최우선이며 절대적이다.

"유영을 호위하고 그의 명령을 따르라."

역시 나운상의 예상이 맞았다.

유영이라니, 도대체 그가 누구고 또 뭐라는 말인가? 의문이 먹구름처럼 피어났다.

"낙성검가의 유영을 말씀하시는 것인가요?"

"그렇다."

"그가 누군지 말씀해 주실 수 있나요?"

나궁조는 잠시 침묵을 지켰다. 운상의 큰오라비인 나신효

가 현재 천검신문 문주를 호위하고 있는 마당에 굳이 비밀을
고수할 필요는 없다.

　나궁조는 자세를 바로 하고 표정을 엄숙하게 바꾼 다음에
진중한 목소리로 입을 열었다.

　"그분은 장차 천검신문의 태문주가 될 분이시다."

　"……."

　순간 나운상은 아연실색한 표정을 지으며 입을 벌렸다.

　"천… 검신문… 태문주라고 말씀하셨나요?"

　그녀는 자신이 잘못 들었을지도 모른다는 생각을 했다. 그
만큼 엄청난 얘기인 것이다.

　"그렇다."

　나궁조는 더할 수 없는 자랑스러움과 긍지를 지닌 표정으
로 말을 이었다.

　"천검신문의 태문주가 출현하셨다는 것은, 천하에 대혈풍
이 멀지 않았음을 예고하는 것이다."

　나운상은 대경실색하는 표정으로 부친을 바라보았다.

　"이 땅에 무림이 생겨난 이래 천검신문의 전대 태문주들께
서 여덟 차례의 대혈풍을 와해시키셨듯이 이번 태문주께서도
그러실 터!"

　나운상의 머릿속에서는 '천검신문 태문주' 라는 말과 부친
의 말이 함께 뒤섞여서 소용돌이를 치고 있었다.

　"네가 보필해야 할 분은 장차 무림황제가 되시어 아홉 번

째 대혈풍을 와해시켜 천하를 구할 분이시다.”

나운상은 한참 후에도 정신을 수습하지 못한 채 공손히 절을 올린 후 부친의 방에서 물러났다.

나운상은 자신의 방에 틀어박혀서 벌써 두 시진째 꼼짝도 하지 않고 있다.

창가 의자에 턱을 괴고 앉아 있는 그녀의 머릿속에는 두 가지 생각만이 가득 들어차 있다.

사흘 전에 무도계관에서 치러진 승급 시험에서 잠시 동안 보았던 낙성검가 유영의 모습과 그가 전설의 천검신문 태문주가 될 인물이라는 사실이다.

그녀는 자신의 가문이 천검신문을 호위하는 천검사호문의 하나라는 사실을 십오 세 되던 해, 즉 이 년 전에 처음 알게 되었다.

무림인이라면 천검신문이 얼마나 위대한 문파인지 너무도 잘 알고 있다.

하지만 무림인들이 알고 있는 내용은 극히 부분적이며 그것은 모두 천검신문의 활약상에 대한 것들뿐이다.

나운상이 이 년 전에 처음 부친으로부터 듣게 된 천검신문에 대한 여러 가지 설명은 무림에는 추호도 알려지지 않은 것들이었다.

그리고 하나같이 경이롭고 또 신비한 내용뿐이었다.

하지만 부친으로부터 설명을 듣고 얼마 지나지 않아 나운상의 머리에서 천검신문에 대한 기억은 점차 퇴색해 갔다.

삼백칠 년 전에 벌어졌던 천지대전 이후 지금까지 오랜 세월 동안 출현하지 않고 있는 천검신문이다.

천검신문의 위대한 업적이 전설 속으로 묻혀 버리기에는 삼백여 년이란 충분히 긴 세월이었다.

천검사호문 중 하나인 성검문 하나만 놓고 보더라도 당금 문주인 나궁조의 오대조(五代祖) 할아버지 시절에 천검신문을 호위했었다.

실로 까마득한 세월이 아닐 수 없다.

나운상이 자신의 가문이 천검사호문이라는 사실을 알게 된 때에는 천검신문의 후계자가 언제 출현할지 알 수도 없고, 기약도 없는 상황이었다.

전대(前代)의 사대조가 그랬듯이, 이번 대에도 천검신문이 출현하지 않을 가능성이 컸다.

그래서 그 사실을 알게 된 이후 이 년이 지난 현재는 천검신문이나 천검사호문에 대한 사실을 거의 잊고 지낸 나운상이었다.

그리고 그녀의 관심사는 오로지 대정숙을 역대 최고 기록과 성적으로 수료하는 것뿐이었다.

그런데 바로 오늘, 부친으로부터 현세에 천검신문의 후계자가 출현했다는 청천벽력 같은 말을 들은 것이다.

　나운상은 부친에게서 그 말을 듣는 순간부터 지금까지 내
내 꿈속을 헤매는 듯 몽롱함 속에 있었다.
　그리고 그녀의 뇌리에 부친이 한 마지막 말이 생생하게 뱅
뱅 맴돌고 있다.

　"천검사호문에 속한 모든 사람이 그렇듯이, 너는 순전히 그분
의 소유물이다. 그러므로 그분이 죽으라고 명령하면 너는 죽어야
한다."

第四十六章

절대명령(絶對命令)

기개세는 첫 외박을 나온 이후 두 번째로 천검사신위를 마주 대했다.

"전례로 미루어봤을 때, 천검신문의 후계자께서 현세에 출현하시고 나서 짧게는 이십 년, 길게는 오십 년 내에 반드시 천하에 대혈풍이 불어닥쳤습니다."

태극문주 도기운이 공손히 아뢰었다.

천검사신위 네 명은 탁자를 앞두고 의자에 앉아 있는 기개세의 맞은편에 좌우 두 명씩 비스듬히 마주 보는 자세로 서 있었다.

격식을 좋아하지 않는 기개세가 의자에 앉으라고 권했으

나 그들은 하늘같은 주군과 대좌(對坐)할 수 없다면서 한사코 버텼다.

기개세가 명령이라고 하자 천검사신위는 일제히 무릎을 꿇으면서 차라리 죽으라는 명령을 내려달라고 애원했다.

결국 기개세는 자신의 명령으로도 할 수 없는 것이 있다는 사실만을 알게 되었다.

천검사신위는 이곳 낙양성에 집결한 이후에 깊이있게 상의해 왔던 일을 기개세에게 보고하려고 한다.

"그러므로 주군께서는 최소한 이십 년 이내에 태문주에 오르셔야 합니다."

도기운의 말에 기개세는 느긋한 태도를 취했다.

"이십 년이라면 아직도 창창하잖아."

그 말에 나궁조가 공손히 아뢰었다.

"지금은 이십 년이 매우 긴 듯하지만, 막상 대혈풍이 목전에 닥쳤을 때에는 그 세월이 매우 짧았었다고 천검신서(天劍神書)에 기록되어 있습니다."

"천검신서? 그게 뭐지?"

"천검사호문의 역대 문주들께서 천검신문의 역대 태문주들의 행적과 그 당시의 정황을 기록해 놓은 역사서입니다."

기개세는 눈을 빛냈다.

"그런 것이 있었나? 그 책을 읽어보면 좋겠군."

"곧 준비해서 올리도록 하겠습니다."

“그런데…….”

기개세는 고개를 모로 꼬며 물었다.

“그런데 이십 년이 긴 듯하지만 짧다는 것은 무슨 뜻이지?”

나궁조가 공손히 대답했다.

“천검신서에 의하면, 여태까지 여덟 차례의 대혈풍을 겪는 과정에서 다섯 차례는 비교적 수월하게 적을 격퇴시켰으나 세 차례는 고전을 면치 못했다고 기록되었습니다.”

기개세는 천검신문은 절대무적이고 무소불위의 능력을 지녔다고 생각했는데 세 차례씩이나 고전을 했다고 하자 적이 놀라움을 떠올렸다.

“어째서 고전을 한 것이지? 그 당시 태문주의 능력이 부족했던 것인가?”

“태문주뿐만 아니라 모든 준비가 부족했습니다.”

“이유가 뭔가?”

나궁조가 도기운을 쳐다보자 이번에는 그가 말을 받았다. 아무래도 나이가 많은 그가 견식이나 생각이 깊을 것이기 때문에 설명을 양보한 것이다.

“적을 수월하게 격퇴했던 다섯 차례는 태문주의 출현에서 적의 대공격까지의 기간이 평균 삼십오 년이었으며, 고전을 했던 세 차례의 기간은 평균 이십이 년이었습니다.”

그 말에 기개세는 즉시 깨달았다.

즉, 총 여덟 차례의 대혈풍에서 준비 기간이 평균 삼십오 년으로 길었던 다섯 차례는 적을 수월하게 물리쳤다. 준비 기간이 길었던 만큼 만반의 준비를 갖추었기 때문이다.

그렇지만 나머지 세 차례는 준비 기간이 이십이 년으로 상대적으로 짧았기 때문에 준비 부족으로 고전을 면치 못했던 것이다.

고로, 언제 불어닥칠지 모르는 대혈풍에 대비하여 한시라도 빨리 준비에 착수해야 한다는 뜻이다.

그리고 기개세는 그 뜻을 충분히 알아들었다.

그는 천검신문의 실체에 대해서 알게 된 이후부터 줄곧 궁금하게 여기던 것을 물어보았다.

"그런데 과거 이천삼백여 년 동안 있었던 여덟 차례의 대혈풍은 어떤 것들이었지?"

도기운은 생각하지도 않고 즉시 대답했다.

"두 차례의 마도 봉기(魔道蜂起), 세 차례의 외세 침략(外勢侵略), 세 차례의 변황 침공(邊荒侵攻)이었습니다."

기개세는 한마디도 알아듣지 못하고 의아한 표정을 지었다. 그는 과거 천하에 그런 일이 있었는지 까맣게 모르고 있었던 것이다.

"그것들은 다 뭐야?"

천검사신위는 아무것도 모르는 천검신문 후계자의 스승 역할을 하고 있었다.

"마도 봉기는 말 그대로 천하무림의 마도(魔道)가 오랜 세월 동안 정파에 억눌려 있으면서 마도의 전 세력을 모아 힘을 축적하여 권토중래(捲土重來) 마도천하(魔道天下)를 꿈꾸면서 일으킨 대혈풍입니다."

"마도가……."

기개세로서는 처음 듣는 이야기다. 그는 당금 무림을 정파와 사도, 마도가 삼분(三分)하고 있다고만 어렴풋이 알고 있을 뿐이다.

"혹시 사도는 대혈풍을 일으킨 적이 없었나?"

마도가 두 차례의 대혈풍을 일으켰다니까 사도는 그런 일이 없었을까 하고 궁금해한 의문이 거르지 않고 그의 입에서 바로 튀어나왔다.

도기운은 고개를 가로저었다.

"한 번도 없었습니다."

기개세는 의아한 표정을 지었다.

"마도는 두 번이나 대혈풍을 일으켰는데 어째서 사도는 한 번도 없었던 거지?"

도기운은 생각할 것도 없다는 듯 즉시 대답했다.

"그럴 만한 능력이 못 되기 때문입니다."

"능력이 못 돼?"

"그렇습니다. 사실 무림이 시작된 이래 무림은 정파와 마도로 양분되어 이어져 왔습니다. 사도는 여태까지 단 한 차례도 무림을 위협할 정도의 세력을 가져본 적이 없습니다. 그러므로 정파나 마도는 사도를 천덕꾸러기 정도로만 여기고 있습니다."

"음."

"사도는 그저 녹림보다 조금 나은 정도로 치부될 뿐이고, 무림 곳곳에서 크고 작은 사고를 치는 사고뭉치 정도입니다. 지금 당장이라도 정파가 마음만 먹으면 사도를 쓸어버리는 것은 태산이 계란 하나를 눌러 버리는 것처럼[泰山壓卵] 간단한 일입니다."

그 말을 듣고 기개세는 마음이 편치 않았다.

비록 그가 정파의 최고봉이며 천하무림의 절대자인 천검신문의 문주가 됐다고 해서 자신의 뿌리인 사도를 부인하고 싶은 마음은 눈곱만큼도 없다.

사도는 그가 태어나고 자란 고향이다.

또한 그의 부친은 사도의 절대자인 사도총련주다. 그러므로 장차 기개세는 부친의 뒤를 이어 사도총련주가 되어야만 할 신분이다.

현재의 그는 천검신문의 태문주가 되는 것이나 사도총련주가 되는 것을 비슷한 비중으로 생각하고 있다.

사실 그는 대정숙에 오기 전까지는 장차 누가 사도총련주가 되든 추호도 관심이 없었다.

오히려 자신만 아니면 누가 되든지 상관이 없다는 안이한 생각을 하고 있었다.

그러나 막상 대정숙에 와보니 자신을 제외한 모두들 쟁쟁한 명문가 출신들이라는 사실을 알게 되었다.

그에 비해서 사도는 문파 취급도 받지 못한다는 사실도 더불어서 깨닫게 되었다.

그래서 사도에 대한 비애와 묘한 열등감을 느꼈다. 그리고는 그것들이 곧바로 반발심으로 작용했다.

'어째서 사도가 차별을 당해야만 하는 것인가? 무림에서는 아예 사도를 무림인 취급도 하지 않고 있잖은가?'

그제야 비로소 그는 부친이 무엇 때문에 자신을 기를 쓰고 대정숙에 보내려고 했는지를 깨달았다.

부친은 기개세가 대정숙에서 제대로 된 교육을 받고 수료하여 사도총련주가 된 후 사도를 반석 위에 올려놓아 주기를 원했던 것이다.

기개세는 지난 한 달여 동안 대정숙에서 엄벙덤벙 별생각 없이 지낸 것 같았지만, 사실은 그동안 보고 들으며 느낀 것에 대해서 내심 많은 생각을 했다.

그리고 그 결과 현재의 사도가 지나치게 형편없다는 것. 그러므로 결국은 자신이 사도총련주가 되어 사도의 부흥을 꾀해야 한다는 결심을 하기에 이르렀다.

바로 그즈음에 엊그제 첫 외박을 나와서 천검사신위를 만나 엄청난 사실을 알게 됐던 것이다.

　그러므로 지금의 기개세가 천검신문의 태문주나 사도총련주를 비슷한 비중으로 생각하는 것은 당연한 일이었다.

　도기운은 기개세의 표정을 살핀 후 설명을 계속했다.

　"외세 침략은 말 그대로 다른 나라가 중원의 나라를 침략한 것입니다."

　기개세는 의아한 표정을 지었다.

　"나라가 나라를 침략한 것이라면 무림의 일이 아니잖은가? 그런데 어째서 천검신문이 관여한 것이지?"

　도기운의 대답은 간단했다.

　"천하의 일입니다."

　그리고 그것으로 대답은 충분했다.

　천하 안에 무림이 있다. 그러므로 외세의 침략으로 천하가 다른 나라의 수중에 들어가면 무림은 따라서 그 나라의 수중에 들어가는 것이다.

　그렇지만 기개세는 천검신문이 전쟁에도 개입했을 줄은 전혀 예상하지 못했기에 적잖이 놀랐다.

　이들 천검사신위를 만나기 전까지만 해도 천검신문이 이름만 그럴싸한 유명무실한 문파인 줄 알았다.

　그런데 느닷없이 나타난 천검사신위로 인해서 천검신문의 실체에 대해 알게 되어 엄청나게 놀랐다.

　하지만 그것이 전부가 아니었다. 놀라움은 끝이 아니라 지금도 진행 중이고, 아직도 많이 남아 있었다.

"그렇다면… 변황 침공은 변황 세력들인가?"

"그렇습니다. 무림에서는 그들을 삼황사벌(三荒四閥)이라고 부릅니다."

"두 번, 세 번, 세 번인가……."

기개세의 중얼거림은 마도가 두 번, 외세가 세 번, 변황이 세 번, 도합 여덟 차례 중원 천하에 대혈풍을 몰고 왔다는 것이다.

도기운은 엄숙하면서도 간곡한 어조로 말했다.

"주군께선 이제부터 두 가지를 하셔야 합니다."

거개세는 고개를 끄덕였다.

"이번에 대혈풍을 몰고 올 세력이 어디인지 조사해서 알아내는 것과 그 대혈풍을 대비한 준비, 그 두 가지인가?"

도기운은 단지 두 가지를 해야 한다고 말했을 뿐인데 기개세는 그것이 무엇인지 즉답을 했다.

천검사신위는 적잖이 감탄하는 얼굴로 기개세를 쳐다보았다.

도기운이 가라앉은 목소리로 입을 열었다.

"주군께서 한 가지 알아두셔야 할 것이 있습니다."

"뭔가?"

기개세 자신은 느끼지 못하고 있으나, 이들 천검사신위를 만난 이후 그의 언행에 변화가 일어나고 있었다.

말투는 조금도 경망스럽지 않게 되었으며, 무게가 있고 진지해졌다.

아직 일대종사(一代宗師)의 풍모를 갖추려면 턱없이 부족하지만, 애오라지 예전의 무창성 개망나니의 더께는 완전히 벗었다고 할 수 있다.

천검사신위는 채 이틀이 지나기도 전에 몰라볼 정도로 변한 기개세를 보면서 내심 '과연!' 을 연발하고 있는 중이었다. 하지만 겉으로 드러내지는 않았다.

"천검신문과 속하들 천검사호문은 오로지 주군의 명령에만 움직입니다."

기개세는 당연한 말을 새삼스럽게 하는 도기운의 말에 깊은 뜻이 있을 것이라 생각했고, 세 호흡이 지나기도 전에 말뜻을 이해했다.

"자네들이 알아서 하는 것이 아니라 모든 것을 내가 명령을 해야지만 움직인다는 뜻, 말하자면 각별명령(各別命令)이라는 것인가?"

기개세는 최고 우두머리가 장군이나 지휘관에게 명령을 내리고, 그 명령의 범주 내에서만 행동해야 하는 것이 '각별명령' 이라고 한다는 것을 한비자에서 읽은 적이 있었다.

"그… 렇습니다."

기개세가 무슨 뜻이냐고 물으면 대답할 말을 속으로 준비하고 있던 도기운은 그가 즉시 이해하자 순간적으로 말까지 더듬을 정도로 놀랐다.

“설마 세세한 것까지 일일이 다 지시를 해야 한다는 것은 아니겠지?”

“그렇습니다. 주군께서 큰 명령을 내리시면 그것에 관한 한 속하들이 알아서 처리합니다.”

명령하는 것만 행하고 말하지 않는 것은 아무리 시급해도 손대지 않는다.

얼핏 들으면 무지몽매할 수도 있는 규칙이다. 하지만 그로 인해서 얻어지는 것은 실보다 득이 많다.

조직 내에서는 중간 우두머리들의 월권이나 전횡으로 많은 비리와 부작용이 일어나기 때문에 그것을 사전에 방지하는 것이 각별명령 체제다.

“그래서 조금 전에 말씀드린 주군께서 하셔야 할 두 가지 일에 대해서……”

말을 하던 도기운은 생각에 잠긴 듯한 표정의 기개세가 손을 드는 바람에 말끝을 흐렸다.

실내에 정적이 흘렀고, 기개세는 일각이 넘어가도록 턱을 괸 채 깊은 생각에 잠겼다.

천검사신위는 기개세의 그런 모습을 처음 보는 터라 흐뭇하기도 하고 긴장되기도 한 얼굴로 지켜보았다.

그로부터도 꽤 오랜 시간이 흘러서야 기개세는 턱에 괸 손을 떼고 천검사신위를 쳐다보았다.

“자네들은 지금 이 시간부터 대혈풍을 일으킬 만한 세력에 대해서 조사하게."

"천명(天命)을 받듭니다."

천검사신위는 그 자리에 부복했다.

"도 문주."

"이름을 불러주십시오."

도기운은 기개세가 자신을 부르자 이 상황에서도 깐깐하게 원칙을 고수했다.

"도기운."

"하명하십시오."

"내 명령이란 과연 무엇인가?"

"천명, 즉 절대명령(絕對命令)입니다."

"그렇지."

기개세는 가볍게 고개를 끄덕이고 나서 나직하지만 진중하게 말을 이었다.

"지금부터 자네들 천검사신위에게 준명령권(準命令權)을 부여하겠다."

머리를 조아렸던 천검사신위는 움찔하더니 의아한 얼굴로 기개세를 올려다보았다.

준명령권이라니, 그런 말은 들어본 적도 없는 그들이다.

"우리에겐 머지않아 불어닥칠 대혈풍을 와해시켜야만 하는 중대한 절대명제(絕對命題)가 있다."

천검사신위는 긴장한 얼굴로 기개세의 다음 말을 기다렸

다. 그가 조금 전에 깊은 생각에 잠겼던 이유가 지금 하려는 말 때문이라는 사실을 깨달았다.

"그 절대명제에 관한 한 자네들 네 사람이 무엇이든 단독적으로 할 수 있는 것이 준명령권이다."

"주군, 그것은……."

"내 말이 절대명령이라고 하지 않았는가?"

도기운의 말을 기개세가 일축시켰다.

"무슨 일이 벌어지게 될 경우 그 즉시 처리해야지 그것을 내게 보고하고 또 명령을 받아서 처리하면 그만큼 늦어져서 결과적으로 피해는 커지게 되고 효과는 적게 볼 수밖에 없다."

반박의 여지가 없을 만큼 옳은 말이다. 그 역시 대정숙에서 읽은 한비자와 그밖의 고서에 있는 내용들이다.

"여기에 있는 네 사람은 모든 면에서 현재의 나보다 월등한 능력을 지니고 있다. 그러므로 자네들이 나보다 더 나은 결론을 내려서 실행에 옮길 것이라고 믿는다."

그 말 역시 옳다. 현재의 기개세는 봉황이 되기 전의 어린 새끼, 즉 봉추다.

장차는 모든 면에서 천검사신위와는 비교도 할 수 없을 만큼 뛰어난 인물이 되겠지만 지금은 아니다.

그러나 무림의, 아니, 천하의 거의 모든 방, 문파와 조직의 최고 우두머리가 중간 우두머리들에게 명령권을 부여하지 않는 이유는 단 하나다.

위험하기 때문이다.

명령권을 부여받은 수하가 행여 흑심이라도 품는다면, 그 조직을 말아먹는 것쯤은 시간문제다.

그러므로 최고 우두머리가 중간 우두머리를 완벽하게 신뢰하지 않는 한 명령권을 부여하는 것은 어림도 없는 일이다.

"자네들이 밖에서 활동하고 있는 동안 나는 천신록을 연마하며 나름대로 준비를 하겠다고 약속하겠네."

"하지만 주군……."

기개세는 도기운의 말을 또 잘랐다.

"자네들은 날 배신할 텐가?"

"절대 그럴 리가 없습니다."

천검사신위는 입을 모아 정중히 대답했다.

기개세는 빙그레 미소 지었다.

"그럼 됐잖아. 뭐가 문제야?"

최고 우두머리가 지금과 같은 특단을 내리는 경우는 두 가지 중 하나다.

바보천치이거나 천재인 경우다.

하지만 천검사신위는 기개세가 바보라고는 터럭만큼도 생각하지 않았다.

기개세는 이번에 첫 외박을 나오면 실컷 술 마시고 원없이 놀아보려고 작정했었다.

그런데 원없이 놀아보는 것은 고사하고 집 밖에 모두들 함께 나간 건 딱 한 번뿐이었다.

더구나 외박 사흘의 마지막 날인 지금도 외출은커녕 능소지 친구들하고 제대로 어울릴 시간조차도 없는 형편이다.

외박 첫날 아침나절에 천검사신위를 만나 천검신문에 대해서 듣고 난 다음부터 기개세는 너무도 과중한 중압감 때문에 마음껏 놀 마음의 여유가 없었다.

그가 아무리 세상이 놀랄 만한 천재니 뭐니 해도 근본은 사람인 터라 천검신문과 곧 닥칠 대혈풍에 대해서 듣고 나자 마음 편안하게 있을 수가 없었던 것이다.

지금도 그는 첫 외박의 마지막 날을 지하 연공실에서 보내고 있는 중이다.

지난 이틀 동안에도 틈만 나면 무공 연마를 했다. 아니, 무공 연마라기보다는 천신록 절학들의 구결을 떠올려 그 깊은 오의에 대해서 곰곰이 생각에 잠겼다. 그러다 보면 시간이 어떻게 가는 줄도 모르게 지나가 버렸다.

아까 천검사신위와 헤어진 후에도 곧장 이곳 지하 연공실로 내려와서 또다시 천신록의 구결들에 심취했는데, 정신을 차리고 보니까 꽤 오랜 시간이 지난 듯했다.

전각을 나와보니 벌써 바같은 초저녁의 땅거미가 자욱하게 내려앉고 있었다.

휘이—

초가을의 선선한 바람이 불어와 얼굴을 스치니 문득 한동안 잊고 있었던 소옥군이 생각났다.

'군아는 어디로 갔을까?'

쓸쓸한 표정이 그의 얼굴에 떠올랐다.

소옥군을 원망하는 마음은 추호도 들지 않았다. 그저 자신이 잘못했기 때문에 그녀가 떠났다고만 생각했다.

그녀는 낙양성에 아는 곳도 없으니 어딘가 객잔에 들었을 것이다.

아무리 좋은 객잔이라고 해도 어디 이곳 낙성검가의 편안함에 비하겠는가. 더구나 이곳에는 친구들이 있지 않은가.

그런 생각을 하자 그리움에 미안함이 더해져서 가슴이 더할 수 없이 답답해졌다.

'음! 술이나 마시자!'

결국 그는 소옥군에 대한 생각을 떨치려는 듯 고개를 세차게 흔들고는 자신의 거처로 향했다.

그곳 전각에 능소지 친구들의 거처가 모여 있어서 그들과 술이나 질펀하게 마셔야겠다고 생각했다.

식당 겸 거실로 사용하고 있는 곳에는 뜻밖에도 손진 혼자 앉아서 홀짝홀짝 술을 마시고 있었다.

원래 그녀는 술을 전혀 마시지 못했는데 기개세를 만나 계생전에서 함께 기거하면서 술을 배웠다.

그녀뿐만 아니라 능소지의 여자들은 모두 그랬다. 말하자면 기개세가 술에 관한 한 능소지 여자들의 스승인 셈이다.

손진은 허공의 한곳에 시선을 고정시킨 채 한 잔의 술을 여러 번에 걸쳐서 조금씩 나누어 마시고는 다시 술을 따라 마시기를 반복하면서 무언가 골똘히 생각에 잠겨 있는 모습이었다.

"아!"

그때 기개세가 들어서자 그녀는 깜짝 놀라면서 벌떡 일어서더니 곧 반가운 표정을 가득 떠올렸다.

하지만 기개세와 단둘이 있는 것이 처음이라서 무슨 말을 먼저 어떻게 꺼내야 할지 모르고 안절부절못했다.

"진아, 같이 마실까?"

그런 것을 감지한 기개세가 먼저 묻자 손진은 환한 얼굴로 고개를 끄덕였다.

"네, 그래요."

식당에 상주하고 있는 반빗아치가 술과 요리를 새로 내왔고, 두 사람은 마주 앉아서 술을 마시기 시작했다.

기개세는 연거푸 열 잔의 술을 마셨다. 그런데도 소옥군에 대한 생각이 사라지는 것이 아니라 오히려 자꾸만 더 또렷해졌다.

그녀의 미소 짓는 모습과 곱게 눈을 흘기는 모습, 심지어 발끈 화를 내면서 기개세를 집어 던질 때의 모습까지도 생생하게 떠올라 그를 괴롭혔다.

소중한 존재일수록 그것이 자신에게서 사라진 후에야 더욱 간절해진다는 말이 꼭 들어맞았다.

손진은 부지런히 술을 마시고 있는 기개세의 얼굴을 말끄러미 바라보면서 여태까지처럼 술을 홀짝거렸다.

사실 그녀는 기개세와 술을 마시기 전에 그에 대해서 골똘히 생각하고 있는 중이었다.

무엇 때문에 기개세를 좋아하게 되었는지에 대해서다.

자신과 기개세가 처음 만났을 때부터 지금까지를 곰곰이 되짚어서 몇 번이고 생각을 해보았다.

처음에 그를 무창성에서 만나 오해를 하고 두들겨 팼던 일과 그 후에 그의 미혼약에 중독되어 구화산에서 발가벗겨진 채 나무에 매달려서 매를 맞던 일.

이후 대정숙에서 다시 만나 그를 죽이려고 했다가 실패하고 오히려 그 후에는 그를 좋아하게 되어 한사코 그림자처럼 붙어 다녔던 일 등이다.

그중에서 가장 큰 사건은 뭐니 뭐니 해도 구화산 산중에서 나무에 알몸으로 매달린 채 회초리로 매를 맞던 일이다.

그것 때문에 손진은 목숨이 붙어 있는 한 기개세를 찾아내서 기필코 죽이고야 말겠다고 결심했었다.

그리고는 그를 다시 만난 자리에서 죽이는 것이 실패한 후에 어이없게도 그를 좋아하게 되었다.

곰곰이 생각해 본 결과, 그 이유 역시 나무에 알몸으로 매달려 매를 맞은 것 때문이라는 결론에 이르렀다.

그녀가 철이 든 후부터 지금껏 그녀의 알몸을 본 사람은 기개세가 유일하다.

더구나 온몸에 매질까지 당했다. 그런 경험은 죽을 때까지도 두 번 다시 겪지 않을 것이 분명하다.

원래 남녀 간의 증오와 사랑은 손바닥과 손등 같은 것이다. 손바닥을 뒤집기만 하면 다른 면이 나온다. 그처럼 증오와 사랑은 간단하게 뒤바뀔 수가 있다.

증오의 단초가 됐던 알몸 사건이 그다음에는 사랑의 단초가 된 것이다.

처음에는 알몸을 보였다는 이유로 어쩔 수 없이 기개세를 맹목적으로 좋아했었다.

하지만 시일이 지나면서 손진은 기개세의 진짜 매력을 많이 발견하게 되었으며, 맹목적인 애정은 빠른 속도로 진실한 사랑으로 변화했다.

지금 그녀는 기개세를 말끄러미 응시하면서 자신의 생각이 맞았다는 사실을 확인하고 있다.

"많이 아팠었어?"

그때 기개세가 불쑥 물었다.

"무슨……."

퍼뜩 정신을 차린 손진은 의아한 표정을 지었다.

기개세는 보일 듯 말 듯 미소를 지었다.

"그때 구화산에서 말이야."

순간 손진은 온몸의 피가 얼굴로 확 몰리는 것을 느끼면서 크게 당황했다.

또한 심장이 미친 듯이 쿵쾅거리고 자연스럽게 고개가 푹 수그러졌다.

"미안했어. 꼭 그런 방법이 아니었어도 좋았는데……."

울컥!

기개세의 부드러운 말을 들으니 손진은 예상치도 않게 가슴이 먹먹해지면서 눈물이 가득 고였다. 아니, 고인 눈물이 후드득 떨어졌다.

설마 기개세가 사과를 할 줄은 꿈에도 몰랐다. 지금까지 그녀가 봐온 기개세라면 절대로 사과 같은 것은 하지 않을 것이라고 생각했기에 더욱 그랬다.

그의 사과가 손진의 눈물샘을 짓눌렀다. 그뿐만 아니라 그동안 기개세에게 갖고 있었던 몇 가지의 의혹이나 껄끄러웠던 것들이 한순간에 깡그리 사라졌다.

"자, 한 잔 받고 용서해 줘."

기개세가 온화하게 말하면서 술을 철철 넘치게 따른 잔을 손진에게 불쑥 내밀었다.

무심결에 술잔을 받으려고 고개를 든 손진의 얼굴은 온통 눈물범벅이었다.

그녀는 자신이 몇 마디 말에 이처럼 펑펑 운다는 사실에 놀랐다.

그녀는 여태껏 자신이 매우 강한 성격의 소유자라고 생각했는데 그게 아닌 듯했다.

아니, 그런 것은 어쨌든 상관이 없다. 지금 그녀는 너무 가슴이 뿌듯하고 가슴속에서 뜨거운 물이 용솟음치는 것처럼 따뜻했다.

'행복해……'

그때부터 기개세와 손진은 서로 마주 보고 앉은 채 주거니 받거니 술을 마시면서 도란도란 이야기꽃을 피웠다.

손진에게는 죽어서도 잊지 못할 시간이 되었다.

第四十七章

상우서시(上愚西施)

大夫

대사부

기개세는 화젯거리가 무궁무진해서 이야기가 끊임없이 쏟
아져 나왔다.

게다가 그의 이야기는 대부분 실제로 겪은 경험담으로서
괴이하고 해괴망측하며 우스운 것들이 많았다.

손진은 그의 이야기에 일희일비하며 푹 빠져들었다.

긴장되는 이야기일 때는 두 손을 가슴에 모으고 초조한 표
정을 짓고 있다가, 참을 수 없이 우스울 때는 배를 움켜잡고
목젖이 보이도록 입을 크게 벌리며 웃어댔다.

그녀는 예전에는 지금처럼 감정이 극과 극을 달려본 적이
한 번도 없었다.

　언제나 평범한 일상의 연속이라서 극도로 슬프거나 유쾌한 적이 거의 없었다.
　더구나 오장육부가 다 시원하도록 유쾌하게 웃어본 적은 더욱 없었다.
　몇 번인지도 모를 정도로 속이 다 뒤집힐 만큼 웃으니까 정말 후련하기 짝이 없었다.
　그녀는 우울해 있는 자신을 위해서 기개세가 열심히 위로를 해주고 있다는 사실을 알고 있다. 그래서 그녀는 기개세의 또 다른 면을 알게 되었다.
　그녀의 자지러지는 웃음소리 때문에 능소지 친구들이 하나둘씩 모여들었다.
　두 사람이 술을 마시기 시작한 지 반 시진쯤 지났을 때에는 능소지 친구들이 모두 나와서 즐겁게 술을 마셨다.
　손진이 기개세 맞은편에 앉아 있었기 때문에 유정과 우연은 어부지리로 그의 좌우에 앉을 수 있게 되었다.
　손진은 기개세와 단둘이 술을 마시고 있을 때 그의 옆에 앉을 수가 없었다. 둘일 경우에는 보통 마주 보고 앉기 때문이다.
　하지만 다른 친구들이 우르르 나올 때에도 그의 옆을 탐내지 않았다.
　오늘만큼은 어디에 앉아도 상관이 없다는 심정이다. 친구들이 나오기 전에 그녀는 이미 충분히 행복했었으니까.

우연은 외박을 나온 첫날 아침에 술을 마시고 뻗었다가 다음날 낮에 깨어났었다.

하지만 지독한 숙취 때문에 머리가 깨지고 속이 온통 뒤집혀서 하루 종일 침상에 누워 있어야만 했다.

그리고는 오늘 아침에 간신히 일어나 밥을 먹고 나서 기운을 차렸었다.

그런데 지금 술자리가 벌어지자 엊그제의 악몽 따윈 까맣게 잊고서 내일의 숙취는 어쩔 생각인지 분위기에 휩쓸려 신나게 마셔대고 있는 중이다.

아무도 소옥군에 대해서는 말하지 않고 즐겁게 대화를 하고 웃으면서 연신 건배를 하며 잔을 부딪쳤다.

기개세는 자신 때문에 친구들이 소옥군 얘기를 하지 않으려 조심하고 있다는 것을 알고 고마운 마음이 들었으나 내색하지는 않았다.

이들은 모두 나이는 어리지만 무공을 하는 사람들이라서 주량이 대단했다.

그래서 두 명의 반빗아치는 요리를 만들어 나르고 술이 떨어지지 않게 대느라 엉덩이에서 비파 소리가 날 정도로 바쁘게 움직였다.

주흥이 한창 도도해졌을 때 유정이 들뜬 표정으로 나직이 외쳤다.

"내일이면 우리 모두 임생도가 되는 것인가요?"

"그렇군! 우린 이제 임생도야! 하하하!"

"아! 그걸 잊고 있었네!"

내일 대정숙에 귀환을 하면 능소지 여덟 명은 모두 한 등급 오른 임생도로 정식 임명될 것이다.

그런 생각을 하자 분위기는 한층 더 고조되었다.

대정십등 열 등급 중에서 이제 겨우 한 단계 승급했을 뿐인데, 이들은 마치 천하를 다 가진 듯했다.

술을 워낙 많이 마시게 되자 기개세의 머리에서 점차 소옥 군이 잊혀지고 있었다.

이들의 분위기가 최고조에 이르렀을 때, 무복을 입은 이십대 중반의 청년 한 명이 들어와 공손히 보고했다.

"어떤 사람이 이사형을 뵙겠다고 찾아왔습니다."

청년은 하여상이 사범으로 키우고 있는 문하제자 중 한 명인데, 유석과 기개세, 유정을 사형과 사저로 부르고 있다.

그러므로 그가 '이사형'이라고 부르는 사람은 기개세다.

"나를? 누구지?"

청년, 즉 사범은 대정생도를 사형이라고 부른다는 사실에 매우 뿌듯한 기분이었다.

더구나 만점으로 대정생도가 된 이사형 덕분에 그는 어딜 가나 어깨를 활짝 펴고 의기양양할 수가 있었다.

"여자입니다."

사범은 기개세의 모습을 좀 더 가까이에서 보려고 몇 걸음 더 다가와 정중히 대답했다.

"여자?"

기개세는 고개를 갸웃거리다가 혹시 소옥군이 찾아온 것이 아닌가 하는 생각이 들었다.

그때 입구 쪽에서 더듬는 말소리가 들렸다.

"여… 여자 아, 아니에요!"

기개세와 능소지 친구들의 시선이 일제히 말소리가 들려온 쪽으로 집중되었다.

열려 있는 문밖에는 아무도 보이지 않았다.

그런데 곧 문밖 옆에서 누군가 얼굴만 빼꼼히 내밀었다. 너무 부끄러워서 노을처럼 새빨개진 얼굴이다.

"엇? 상우서시다!"

그러자 우연이 혀가 꼬부라진 소리로 외쳤다.

'어디서 본 듯한 얼굴인데?' 하면서 고개를 갸웃거리던 능소지 친구들은 우연의 외침에 정신이 번쩍 들었다.

대정숙의 상우서시.

남자이면서도 여자 같은 자그마하고 가녀린 체구에, 절세미녀보다 더 아름다운 눈부신 미모.

그러나 십오 세에 대정숙에 입교하여 삼 년 동안 한 차례도 승급 시험에 합격하지 못해서 지금껏 계생도 신세를 면치 못하고 있는 대정숙 최고의 바보.

그래서 둘도 없는 바보라는 뜻의 '상우'와 역사상 가장 아름다운 미녀였던 '서시'가 합쳐져서 '상우서시'라는 별호를 얻게 된 비운의 소년이다.

그가 난데없이 낙성검가에, 아니, 기개세를 찾아온 것이다.

상우서시 부옥령은 부끄러움과 당황함으로 고개도 들지 못한 채 문밖에서 쭈뼛거렸다.

그때 진운상이 그에게 다가가 부드럽게 말을 걸었다.

"부 형, 무슨 일로 찾아왔소?"

부옥령은 깜짝 놀라 고개를 들고 진운상을 쳐다보았다. 그가 자신에게 '부 형'이라는 남자의 호칭을 썼기 때문이다.

"나… 나는… 아……."

그러나 부옥령의 용기는 거기까지가 한계였다. 그는 심하게 더듬거리다가 다시 고개를 푹 숙이고 말았다.

그때 유석과 유정, 서주동이 다가오자 그는 더욱 어쩔 줄 모르고 다리를 후들후들 떨었다.

그로 미루어 그는 비단 수줍음이 많을 뿐만 아니라 겁도 많은 성격인 듯했다.

"무슨 이유가 있어서 여기까지 찾아왔을 것이 아니오? 이거야 원, 답답해서……. 말을 하시오, 말을."

서주동이 주먹으로 자기 손바닥을 때리며 독촉을 했다.

부옥령은 더욱 움츠러들어 다리를 와들와들 떨면서 금방이라도 주저앉을 듯했다.

"이봐!"

급기야 서주동이 한 손으로 어깨를 움켜잡자 부옥령은 화들짝 놀라 그를 쳐다보았다.

그런데 그의 커다란 두 눈에 눈물이 가득 고여 찰랑이는 것을 발견한 능소지 친구들은 어이가 없어서 말문이 막히고 말았다.

그들은 '이놈, 영락없는 계집애잖아?' 라는 표정을 지었다.

"어이, 옥령! 이리 와라."

그때 꽤 취한 기개세가 손가락을 까딱거리면서 부옥령을 불렀다.

부옥령은 화들짝 놀라 가련할 정도로 몸을 떨면서 기개세에게 가기는커녕 진운상 뒤에 몸을 숨겼다.

키가 크고 당당한 체구의 진운상 뒤에 숨은 부옥령의 모습이 완전히 가려졌다.

그 모습을 보고 기개세는 발을 쿵, 굴렀다.

"이놈! 당장 내 눈 앞에서 꺼지던가 이리 오던가 둘 중 하나를 선택해라!"

진운상과 능소지 친구들은 모두 원래의 자리로 돌아왔다.

혼자 남게 된 부옥령의 어쩔 줄 몰라 하며 안절부절못하는 모습이 실로 가관이었다.

그러나 그는 여인의 그것보다 더 매혹적인 붉은 입술을 피가 나도록 힘껏 깨물더니 결심을 한 듯 비칠거리면서 탁자로 다가왔다.

보통 사람들에게는 별것 아닌 그 행동을 하는 데 그는 죽을 힘을 다해야만 했다.

"여기 앉아라."

기개세가 유정이 앉은 자신의 옆자리를 가리키자 그녀는 잽싸게 한 자리씩 옆으로 물러앉았다.

그러나 부옥령은 자리에 앉는 것은 고사하고 기개세에게 가까이 다가가지도 못하고 전전긍긍했다.

그러자 진운상이 그를 번쩍 들어다가 의자에 앉혀주었다.

"앗!"

그러나 그때부터 기개세와 능소지 친구들은 부옥령에게는 관심도 없다는 듯 술을 마시면서 조금 전에 하던 대화를 이어 갔다.

고개를 푹 숙인 채 좌불안석이던 부옥령은 한참 만에 고개를 살짝 들고 조심스럽게 주위를 살펴보았다.

옆에 앉은 기개세는 물론, 모두들 부옥령의 존재를 까맣게 잊은 듯 웃고 떠들면서 술을 마시고 있었다.

더구나 기개세가 손짓과 발짓을 섞어가면서 익살스러운 표정으로 입에서 침을 튀겨가며 재미있는 이야기를 하자 다들 배를 움켜잡고 탁자에 엎드려 발버둥을 치는가 하면 발을 동동 구르면서 파안대소를 했다.

부옥령은 조심스럽게 기개세의 옆모습을 바라보았다.

만점자이며 현재 대정숙 내에서 최고의 화제의 인물이 부옥령의 바로 옆에 어깨가 맞닿을 거리에 앉아 있다.

기개세를 바라보는 부옥령의 표정은 복잡했다. 부러움과 존경심, 반가움, 안타까움 등이었다.

기개세의 이야기는 마치 눈앞에서 보는 듯이 실감이 났다.

그래서 부옥령도 자연스럽게 이야기에 심취했고, 오래지 않아서 어느 정도 긴장이 풀리면서 입가에 빙그레 미소가 떠올랐다.

그때 옆자리의 유정이 가득 따른 술 한 잔을 부옥령 앞에 살며시 내려놓았다.

부옥령이 쳐다보자 유정은 엷은 미소를 지으면서 가볍게 고개를 끄덕여 보였다.

그는 유정과 눈이 마주치자 화들짝 놀라서 급히 고개를 푹 숙였다.

그의 눈에 가득 채워진 술잔이 보였다. 십팔 세가 된 이날까지 단 한 모금도 마셔본 적이 없는 술이다.

그는 자신이 보통 사람에도 미치지 못할 정도로 형편없는 바보 등신이라고 여긴다.

집에서는 사대독자 외아들이라서 말 그대로 취공비집공휴(吹恐飛執恐虧), 불면 날아갈세라 쥐면 꺼질세라 신줏단지 모시듯 고이고이 자라났다.

또한 가문의 성명무공을 열심히 연마해서 어엿한 실력을 갖추어 십오 세 때 대정숙에 시험을 치기에 이르렀다.

그때까지만 해도 그는 부모만 알고 있는 한 가지 흠을 제외하곤 보통 사람이나 다름이 없는 성격이었다.

전력을 다한 결과 그는 입교 시험에서 비록 하위 점수지만 당당하게 합격해서 대정생도가 되었다.

그런데 문제는 그때부터 발생했다.

계생전에서 함께 숙식을 하게 된 계생도들이 그의 지나치게 아름다운 용모와 가녀리고 작은 체구, 그리고 여자나 다름없는 고음의 목소리 때문에 그를 따돌리기 시작한 것이다.

부옥령은 동료들과 어울리기 위해서 나름대로 열심히 노력했으나 조금도 진전이 없었다.

자괴감에 빠진 그는 점차 말을 잃어갔고, 동료들과 마주치는 것조차 꺼리게 되었다.

그리고 그로 인해 그때부터 그의 성격은 그조차도 감당하지 못할 정도로 변해갔다.

그럴 즈음에 첫 번째 승급 시험을 치렀으며, 보기 좋게 떨어지고 말았다.

안으로만 움츠러들던 그의 성격이 그것 때문에 더욱 위축됐으며, 그때부터는 누가 말을 걸어도 오히려 피해 버리는, 즉 사람을 기피하는 성격까지 가중되었다.

두 번째, 세 번째 시험에서도 떨어지고 나서는 사람이 무서웠고, 밖에 나가는 것도 무서워졌으며, 바보천치 같은 자기 자신이 극도로 증오스러웠다.

번듯한 명문가의 사대독자 부옥령은 그렇게 비참한 모습으로 전락을 거듭해 갔다.

그는 무도관에도 가지 않고 혼자서 방에 틀어박혀 무공 연마에만 몰두했다.

그가 선택한 무공은 나부파의 적하검법이었다.

적하검법이라면 눈을 감고도, 아니, 어떠한 상황에서도 처음부터 끝까지 완벽하게 전개할 수 있다고 자신했다.

그러나 승급 시험만 치르면 떨어졌다. 모두 자신을 보면서 비웃는 것만 같고, 또 혹시 실수라도 하지 않을까 하는 염려, 그리고 이번에도 또 떨어질 것이라는 자포자기가 번번이 그의 발목을 붙잡았다.

그리고 또 하나, 그와 부모만 알고 있는 한 가지 비밀이 그를 옴짝달싹하지 못하게 만들어 버렸다.

대정숙에서는 승급 시험에서 백번 천번 떨어진다고 해도 제 발로 퇴교하지 않는 한 절대 내쫓지 않는다.

그렇지만 한 등급의 승급 시험에서 서른일곱 번이나 떨어진 사람은 대정숙 역사상 단 한 명, 부옥령뿐이다.

부옥령은 이제 대정숙을 그만두려야 그만둘 수도 없는 처지가 돼버렸다.

대정숙 밖에 나가면 필경 세상 사람들이 손가락질을 할 것이고, 집에 가면 부모를 볼 면목이 없다.

대정숙을 당장에라도 그만두고 싶지만 그것 때문에 도저

히 용기가 나지 않았다.

기필코 대정숙을 수료하겠다던가, 하다못해서 승급 시험에 입격하겠다는 각오 같은 것은 이제 멀리 사라져 버렸다.

슥.

분위기에 취했을까, 아니면 착잡한 심정에 자포자기의 마음에서일까. 부옥령은 이끌리듯이 손을 뻗어 앞에 놓인 술잔을 집어들었다.

술잔을 들면서 재빨리 살펴보았다. 그러나 여전히 아무도 그에게는 신경을 쓰지 않았다.

조심스럽게 술잔을 입에 대고는 누가 볼까 봐 단숨에 입안에 쏟아 넣었다.

찌르르.

'으으……'

술이 넘어가자 입안과 목구멍이 확! 하고 불타는 것 같았고, 뱃속에서 뜨거운 열기가 시작되어 순식간에 온몸으로 퍼져 갔다.

부옥령은 신음이 흘러나오려는 것을 황급히 손으로 틀어막고 온몸을 부르르 떨었다.

반쯤 벌어진 입에서는 지독히도 쓴 맛과 냄새가 진동을 하며 흘러나왔다.

'이런 것을 뭐 하러 마셔.'

고개를 설레설레 가로젓는 부옥령.

하지만 그는 채 열 호흡이 지나기도 전에 기분이 좋아지면서 쓰디썼던 술맛이 달착지근한 뒷맛으로 입안에서 맴도는 것을 느꼈다.

즉, 술이 은근히 당긴다는 것이다.

그가 내심으로 '한 잔 더 마시면 좋겠다' 라는 생각을 하고 있을 때, 유정이 아무 말 없이 슬며시 다시 한 잔의 술을 따라주었다.

처음에 부옥령은 유정의 시선을 황급히 외면했으나 이번에는 얼굴을 붉히며 공손히 고개를 숙여서 고맙다는 목례를 보냈다.

유정은 방그레 미소를 지으며 답례했다.

부옥령이 조심스럽게 술잔을 입으로 가져가는 것을 보면서 유정은 자신이 많이 변했음을 느꼈다.

예전의 그녀는 남자하고는 눈조차 마주치지 않을 정도로 냉정한 성격이었다.

그런데 기개세를 만난 이후 냉정함은 완전히 사라져 버렸고, 오히려 사근사근하고 여성스러운 성격으로 바뀌었다.

그리고 중요한 것은 그렇게 바뀐 성격이 예전 성격보다 더 좋다는 사실이다.

부옥령은 두 잔째도 단숨에 비웠고, 유정이 기다렸다는 듯이 세 잔째 술을 따라주었다.

그렇게 그는 점차 술잔을 비워감에 따라서 자신도 모르게 술에 취했다.

'좋아! 정말 기분이 좋구나!'

다량의 술은 부옥령의 굳게 닫혀 있던 단단한 껍데기를 빠르게 벗겨 버렸다.

그리고 그렇게 맺힌 것이 많은 사람일수록 일단 속에 있는 것이 분출되면 화산이 돼버린다.

"아하하핫핫핫!"

한순간 갑자기 부옥령이 고개를 뒤로 젖히고 유쾌한 웃음을 터뜨렸다.

기개세가 재미있는 이야기를 하고는 있지만 이번에는 몹시 긴장되는 내용이었기에 전혀 웃음을 터뜨릴 일이 아니었다.

기개세와 능소지 친구들의 시선이 일제히 부옥령에게 집중되었다.

모두의 시선을 한 몸에 받으면서 부옥령은 한동안 더 큰 소리로 웃었다.

서러움이나 한을 토해내는 듯한, 뭐, 그런 복잡한 웃음이 아니라 그저 단순히 명랑한 웃음이다.

그리고는 뚝 웃음을 그쳤다.

술이 취한데다 한참 웃고 난 그의 얼굴은 벌겋게 달아오른 상태가 됐다.

"휴우……."

그러더니 아주 긴 한숨을 토해냈다.

“나…….”

이어서 웃음의 잔재가 남아 있는 얼굴로 입술을 뗐다.

“삼 년 만에 실컷 웃어봤어요.”

그리고는 두 눈에 눈물이 가득 고였다가 후르르 흘러내렸다.

더 이상 말이 필요하지 않았다. ‘삼 년 만에 실컷 웃었다’라는 말로 충분했다.

지난 삼 년 동안 그의 마음이 어땠는지 넘치도록 이해할 수 있는 말이다.

그때 진운상이 취기 오른 벌건 얼굴로 한쪽 손을 번쩍 들며 유석을 쳐다보았다.

“발장, 할 말이 있소.”

능소지의 발장인 유석은 고개를 끄덕였다.

“말해보게.”

진운상은 팔을 내리고 턱으로 부옥령을 가리켰다.

“저 친구를 우리 능소지에 새로운 친구로 맞이하고 싶은데 허락해 주시오.”

느닷없는 그 말에 가장 큰 반응을 보인 사람은 부옥령이다.

그는 큰 눈을 더욱 크게 뜨고 입을 쩌억 벌리면서 모두에게 들리게 ‘하악!’ 하는 거친 숨소리를 냈다.

평소 과묵하고 듬직한 진운상이지만 이따금 술을 마시면 호기로운 행동을 돌출적으로 하곤 하는데, 그것은 순전히 기개세에게 영향을 받은 탓이다.

기개세와 능소지 친구들은 왜 진운상이 그런 말을 했는지 의아하게 생각하지 않았다.

왜냐하면 그들 모두는 진운상하고 같은 마음이기 때문이다.

대정숙에서 상우서시가 누군지 모르는 사람은 없다.

능소지 친구들도 며칠 전 승급 시험에서 그가 시험 도중에 정시장로에게 검을 날리는 광경을 똑똑히 보았다.

삼 년 만에 처음으로 웃어봤다는 부옥령.

그 삼 년이 대정숙에 들어온 이후부터 지금까지 삼 년이라는 것을 모를 리가 없다.

유석은 빙그레 미소 지으며 부옥령을 쳐다보았다.

"부 형, 우리 능소지에 가입할 의향이 있소?"

부옥령은 능소지가 무엇인지 모르고 있다. 그는 단지 마지막으로 자신의 마음이 이끄는 대로 이곳 낙성검가에 찾아와 본 것이다.

그는 나흘 전 승급 시험에서 자신의 바로 앞에 무리 지어서 앉아 있는 기개세와 능소지 친구들을 똑똑히 보았다.

그들의 너무나도 화기애애함과 무람없는 관계가, 그리고 그들 모두 승급 시험에서 입격한 것이 너무도 부러웠다.

그래서 부옥령은 그들의 중심에 있는 기개세를 마지막으로 만나고 싶어서 그토록 나오지 않던 외박에 나왔다.

하지만 차마 낙성검가에 찾아올 용기가 나지 않아서 지난 이틀 동안 낙성검가 주변을 얼마나 배회했는지 모른다.

그리고 마지막에 마지막이라고 속으로 수없이 외치고, 입술을 또 그만큼 깨문 후에야 필생의 용기를 내어 낙성검가의 전문을 두드릴 수 있었던 것이다.

'부 형……'

부옥령은 유석이 방금 자신을 '부 형'이라고 부른 것 때문에 충격을 받고 부르르 격렬하게 몸을 떨었다.

대정생도들은 그의 여자 같은 외모와 체구 때문에 같이 어울리기는커녕 사내로 취급도 해주지 않았다.

그는 대정숙에 들어온 이후 자신을 '형(兄)'이라고 부르는 호칭을 처음 들었다.

아니, 어찌 그것만 처음이겠는가. 자신에게 사람 대접과 사내 대접을 해준 최초의 사람들이 바로 이들이다.

그리고 부옥령이 말을 꺼내기도 전에 그의 내심을 훤히 알고 있다는 듯이 이들이 먼저 친구가 되지 않겠느냐고 손을 내밀었다.

부옥령은 홀린 듯한 표정으로 부스스 자리에서 일어났다.

모두의 시선이 자신에게 쏠렸으나 대정숙에서처럼 숨고 싶다는 생각은 추호도 들지 않았다.

그는 어디에서 그런 용기가 생겼는지 포권을 하고 머리가 바닥에 닿을 정도로 허리를 깊숙이 숙이며 자신이 생각해도 놀랄 만큼 큰 소리로 외쳤다.

"여러분과 친구가 되고 싶어요! 저를 받아주신다면 무슨 일이라도 하겠어요!"

역시 여자처럼 가늘고 날카로운 고음의 목소리다.

하지만 이 자리의 어느 누구도 그를 계집애 같다고 생각하지 않았다.

오늘따라 잘 버티고 있는 우연이 명랑하게 웃으면서 요란하게 손뼉을 쳤다.

"박수로 환영해요!"

짝짝짝짝짝!

그러자 모두 우레 같은 박수를 치며 한마디씩 외쳤다.

"아름다운 남자는 무조건 환영!"

유정의 취기 어린 외침.

"껄껄껄! 부 형! 나중에 술 한잔 거하게 사야 돼?"

기개세의 변함없는 술타령.

"반가워요. 우리 좋은 친구가 되도록 해요."

술이 취했어도 언제나 흐트러짐없이 반듯한 손진의 진심 어린 환영 인사.

그리고 진운상과 유석, 서주동은 유쾌하게 웃으며 새로운 친구를 환영했다.

"이제 그만 고개 들어요."

그에게 용기를 내라고 술을 권했던 유정이 부드럽게 말했다.

부옥령은 천천히 허리를 펴면서 고개를 들었다.

그를 쳐다보던 능소지 친구들은 깜짝 놀랐다.

부옥령은 술이 취한데다 고개를 숙이고 있어서 얼굴이 홍당무처럼 새빨갛게 변했다.

그런데 얼마나 눈물을 흘렸는지 얼굴 전체가 눈물범벅이고, 또 코까지 줄줄 흘려서 실로 가관이 아닌 몰골이다.

그러나 중요한 것은, 그런데도 변함없이 예쁘다는 사실이다.

"으헝~!"

그런데 갑자기 부옥령이 손등으로 눈두덩을 훔치면서 울음을 터뜨렸다.

"으허엉~! 사실은……."

울음 섞인 그의 말은 알아듣기가 어려웠다.

"엉엉… 마지막으로… 여길… 찾아… 와서… 실패하면……."

"무엇을 실패한다는 거죠?"

유정이 물었다.

"으흑흑! 나를… 사람으로 대접해 주는 것… 여러분과 친구가 되는… 것……."

그 말에 모두들 숙연해졌다.

"흑흑흑! 실패하면… 주… 죽을… 생각이었어요! 으헝~!"

외로워서, 사람 대접을 못 받아서, 세상과 사람이 무서워
서, 그래서 자살을 할 생각이었다는 것이다.

"죽고 싶으면 죽어야지."

그때 기개세가 툭 내던지듯 말했다.

모두들 벙글벙글 웃는데 부옥령만 화들짝 놀라 긴장한 표
정을 지었다.

"그렇지만……."

확!

"앗!"

기개세는 부옥령의 팔을 잡고 옆자리에 끌어 앉히고는 어
깨동무를 하며 으르딱딱거렸다.

"이봐, 부 형. 오늘 밤에 부 형하고 우리 모두 죽을 때까지
술 한번 마시자구! 응?"

부옥령의 얼굴이 풀어지더니 곧 힘차게 대답했다.

"넵!"

뽀오옹~!

그런데 느닷없이 이상한 소리가 들렸다.

모두의 어리둥절한 시선이 부옥령에게 집중됐다.

부옥령의 얼굴이 새빨개지더니 고개가 점점 숙여져서 이
마가 탁자에 닿았다.

유정은 슬며시 부옥령의 엉덩이를 곁눈질로 보았다. 그녀
는 부옥령 옆에 앉았기 때문에 방금 전에 그 소리를 듣는 순

간 그게 무엇인지 즉시 알아차렸다.

그때 고개를 푹 숙이고 있던 부옥령이 조심스럽게 유정을 바라보았다.

그의 엉덩이를 쳐다보던 유정의 시선과 그의 시선이 딱 마주쳤다.

얼굴이 노을처럼 새빨개진 부옥령은 간절한 눈빛으로 유정을 바라보았다. 그것은 구원의 눈빛이고 제발 살려달라는 눈빛이었다.

유정은 부옥령의 엉덩이와 그의 얼굴을 번갈아 쳐다보았다.

이 아름다운 사내가, 저런 예쁜 엉덩이 사이로 그런 소리를 낸다는 사실 때문에 유정은 목구멍이 간질간질해서 참을 수가 없을 지경이다.

"풋!"

그러더니 급기야 웃음이 터져 나왔다.

"아핫핫핫핫핫!"

부옥령은 깜짝 놀라더니 얼굴이 절망적으로 일그러졌다. 그는 여자보다 더 여자처럼 유정을 하얗게 흘겨보며 원망스러운 눈빛을 보냈다.

능소지 친구들도 그제야 조금 전에 그 소리가 부옥령의 방귀 소리라는 것을 깨닫고는 일제히 와아! 하고 박장대소를 터뜨렸다.

"와핫핫핫핫!"

"깔깔깔깔! 방귀 소리마저도 너무 예뻐!"

"아핫핫핫핫! 그게 방귀였어? 나는 피리 소린 줄 알았어!"

부옥령은 얼굴이 금방이라도 터질 것처럼 시뻘개져서 이마를 탁자에 대고 어쩔 줄을 몰라 했다.

그렇지만 계생전에서 동료들에게 따돌림을 당했을 때의 그런 처참한 기분하고는 사뭇 달랐다.

지금은 치욕스럽다기보다는 단지 부끄러울 뿐이었다. 지극히 인간적인 부끄러움이었다.

기개세는 문득 나흘 전 승급 시험 때 부옥령이 적하검법을 시연하던 장면을 떠올렸다.

그때 부옥령은 움직임이 활발하지 못했으며 걸음도 뻣뻣했고 얼굴이 잔뜩 일그러져 있었다.

그것은 마치 어떤 장애 때문에 자신이 지니고 있는 실력을 마음껏 발휘하지 못하는 듯한 모습이었다.

기개세는 부옥령을 슬쩍 보더니 곧 알 것 같다는 표정을 지으며 빙그레 미소 지었다.

"어이! 모두들 시합을 해볼까?"

"무슨 시합인가요?"

기개세의 제안에 오늘따라 끝까지 버티고 있는 우연이 발개진 얼굴로 두 손으로 그의 팔을 잡으며 물었다.

"다들 술잔에서 손을 떼."

기개세의 말에 모두들 술잔을 내려놓았다.

그러나 부옥령은 고개를 푹 숙인 채 가만히 있었다.

기개세는 검지를 하나 세워 보이면서 빙그레 미소를 지었다.

"이제부터 술을 마시고 싶은 사람은 무조건 방귀를 한 번 뀌어야만 해."

"와앗! 그거 재미있겠어요!"

우연이 손뼉을 치면서 호들갑을 떨었다. 수줍음이 많고 주변머리가 없는 그녀로선 술이 취하지 않았으면 절대 할 수 없는 반응이었다.

"저부터 할게요."

그녀는 말과 함께 한 손으로 기개세의 어깨를 잡고 그쪽으로 궁둥이를 살짝 들었다.

그리고는 얼굴을 찡그리면서 주먹을 꼭 쥐고 힘을 주었다.

뿡~!

아담하고 예쁘장한 우연의 엉덩이 계곡 사이에서 그녀다운 귀여운 소리가 새어 나왔다.

모두들 기개세의 느닷없는 제의에 놀라기도 하고 선뜻 동의하지 못하고 있는 상황에서 우연이 귀여운 방귀 소리를 흘려내자 갑자기 고요한 적막이 흘렀다.

누구보다 놀란 사람은 부옥령이었다. 그는 기개세의 제의에 이어서 우연의 방귀 소리에 움찔 몸을 떨더니 가만히 고개를 들고 그 두 사람을 쳐다보았다.

우연은 다른 사람의 반응에는 추호도 신경 쓰지 않았다.

그녀는 기개세 쪽을 향해 살짝 들어 올렸던 엉덩이를 살며시 내리면서 어떠냐는 듯 그를 바라보았다.

기개세가 빙그레 미소 지으면서 우연을 쳐다보자 그녀는 갑자기 그의 가슴에 얼굴을 묻고 고사리 같은 주먹으로 어깨를 통통 두드렸다.

"몰라요! 방귀 뀌라고 해서 뀐 거예요!"

"잘했다. 상으로 술 한 잔 주마."

기개세는 우연의 머리를 부드럽게 쓰다듬은 후에 잔에 철철 넘치도록 술을 따라주었다.

"헤헤헷! 감사합니다!"

우연은 두 손으로 잔을 잡고 단숨에 비워 버렸다.

"캬아~ 맛있어!"

그녀는 새빨간 혀로 입술을 핥으면서 감탄을 터뜨렸다.

기개세를 제외한 다른 사람들은 그가 왜 갑자기 방귀 시합을 하자는 것인지 영문을 알지 못했다.

그러나 일단 우연이 개시 방귀를 뀌고 술 한 잔을 마시는 것을 보고는 재미있겠다는 생각을 했다.

다 아는 사실이지만, 술을 마시지 않았을 때와 술을 마셨을 때의 정신세계는 판이하게 다르다.

부욱!

그때 묵직한 소리가 실내를 은은히 진동시켰다. 기개세의 좌우에 앉은 우연과 부옥령은 몸이 가늘게 부르르 떨리는 것을 느낄 정도였다.

모두들 방금 진동의 진원지를 찾으려고 두리번거렸다.

기개세가 히죽 웃었다.

"헤헤, 나야."

"소녀가 한 잔 따라 올릴게요."

우연이 냉큼 술병을 들고 술을 따랐다.

기개세는 잔을 들고 천천히 아주 맛있게 술을 마셨다.

그 모습을 주시하는 다른 사람들은 입안에 침이 고이는 것을 느꼈다.

우연이 재빨리 기개세의 어깨를 잡고 엉덩이를 들어 올렸다.

뿡뿡~!

"에헤헷! 연속 두 방이에요! 두 잔 주세요!"

그녀는 좋아 죽겠다는 듯 두 주먹을 쥔 채 턱 밑에 대고 흔들어댔다.

기개세가 귀엽다는 듯 쳐다보자 그녀는 또 그의 가슴에 얼굴을 묻고 도리질 치면서 주먹으로 그의 어깨를 두드렸다.

"아이~! 쳐다보지 말아요."

기개세가 우연에게 두 잔을 술을 따라주고 있을 때 진운상이 심각한 표정으로 손을 들었다.

"여기 주목하게."

모두들 그가 무슨 할 말이 있나 싶어서 쳐다보았다.

부웅!

그 순간 진운상의 엉덩이 아래에서 우렁찬 소리가 터졌다.

모두들 '어?' 하는 표정을 짓는데, 그는 아랑곳하지 않고 의기양양하게 말했다.

"나도 한 잔."

평소 점잖은 진운상까지 방귀 시합에 합류한 이상 다른 사람들이라고 가만히 있을 수만은 없다.

방귀를 뀌지 않으면 술도 없다. 꼭 술을 마시기 위해서가 아니라, 이 새롭고도 유쾌한 시합에 즐거이 동참하는 의미에서 모두들 심기일전했다.

그때부터 실내 여기저기에서 방귀 소리가 난무했다.

예쁜 소리, 귀여운 소리에서부터, 바닥이 울리고 가죽이 찢어지는 듯한 소리까지 별별 방귀 소리의 경연장이다.

온갖 방귀 소리가 난무하자 의기소침했던 부옥령이 서서히 부활을 시작했다.

그와 부모, 그리고 가문의 하인들만 알고 있는 그의 치명적인 흠이 있었다.

그것 때문에 그는 지난 삼 년 동안 서른일곱 차례나 승급 시험에서 탈락했다.

바로 방귀 때문이다. 어려서부터 그는 선천적으로 방귀를 잘 뀌었다. 아니, 아예 흘리고 다닐 정도였다.

더구나 흥분하거나 긴장을 하면 더 자주, 그리고 크게 터져 나왔다.

승급 시험에서 그는 긴장을 했고, 그래서 방귀가 나오지 않게 하려고 잔뜩 힘을 줘서 궁둥이를 오므린 채 온 신경을 쓰느라 시험인들 제대로 볼 수 있을 리가 없었다.

당연히 엉거주춤한 자세가 나오고, 동작은 굼뜰 수밖에 없게 된 것이다.

그는 승급 시험이 문제가 아니라 자신이 방귀쟁이라는 사실이 알려지면 그로 인해서 큰 창피를 당하고 지금까지보다 더 따돌림을 당할까 봐 걱정이었던 것이다.

"잉… 잉… 잉……."

우연이 다섯 번째의 방귀를 뀌려고 얼굴을 기개세의 가슴에 묻은 채 엉덩이를 들고는 온갖 용을 쓰고 있을 때다.

뽀오오~ 옹~!

실로 아름답다고 표현해야 마땅할 길고 긴 피리 소리, 아니, 방귀 소리가 흘러나왔다.

그리고는 부옥령이 얼굴을 붉히며 살며시 손을 들었다.

"저… 예요."

그를 쳐다보는 모두의 얼굴의 감탄의 표정이 떠올랐다.

기개세가 부옥령 잔에 술을 따르며 탄성을 터뜨렸다.

"야아! 기가 막힌 소리다! 마치 피리로 연주를 하는 것처럼 감미롭잖아!"

침을 튀기는 칭찬에 부옥령은 부끄러우면서도 자랑스러운 미소를 지었다.

"다른 것도 해볼까요?"

"다른 것도 할 수 있어? 어서 해봐!"

뿡뿡뿡! 뽀오오~ 뿡뿡!

이번에는 아주 자유자재로 높낮이를 조절해 가면서 말 그대로 노랫가락을 연주했다.

기개세를 비롯한 능소지 친구들은 방금 그 소리를 듣고 높은 산꼭대기에 홀로 서 있는 낙락장송이 바람에 흔들리는 듯한 착각을 일으켰다.

기개세는 부옥령의 엉덩이를 보며 감탄을 금치 못했다.

"옥령, 네 궁둥이에서는 온갖 것들이 다 쏟아져 나오는구나. 정말 신기하군."

"또 해볼까요?"

이제 부옥령은 누가 시키지 않아도 제 스스로 하고 싶어서 엉덩이가 들썩거렸다.

지금까지 그의 가장 부끄러운 흠이었던 방귀가 이곳에서는 가장 자랑스러운 재주가 되고 있었다.

모두들 방귀를 뀌느라 난리법석인데 손진만은 잠자코 앉아 있었다.

하지만 모두들 부옥령의 신기에 가까운 방귀 소리를 듣느라 손진에게는 신경을 쓰지 않았다.

그녀는 가만히 웅크리고 앉아서 두 주먹을 꼭 쥐어 무릎에 얹은 채 온 힘을 궁둥이에 모으면서 얼굴이 빨개지도록 용을 쓰고 있었다.

뿌지직!

순간 부옥령의 감미로운 방귀 가락의 허리를 무참히 끊어버리는 해괴한 소리가 터져 나왔다.

손진은 궁둥이를 뒤로 쭉 뺀 자세에서 두 주먹을 꼭 쥔 채 놀란 토끼처럼 눈을 동그랗게 떴다.

모두들 손진을 쳐다보며 적잖이 놀라운 표정을 지었다.

그때 기개세가 염려스런 얼굴로 손진에게 물었다.

"진아, 똥 쌌니?"

第四十八章
대로상의 급습(急襲)

대사부

엉망진창으로 취한 우연은 기개세의 무릎 위에 그와 마주
보는 자세로 앉아서 두 팔로 그의 허리를 끌어안고 가슴에 얼
굴을 묻은 채 곯아떨어졌다.

아니, 혼절했다고 봐야 옳다.

기개세는 그녀를 안고 자신의 방으로 향했다. 밤새 어지럽
다고 헤매고 다닐 그녀를 혼자 내버려 둘 수 없어서였다.

그의 침상에는 가란과 설화쌍봉이 보이지 않았다. 소옥군
이 충격을 받고 떠난 후에 기개세가 세 여자에게 따로 자라고
엄하게 일러놓았기 때문이다.

그 말에 가란은 시무룩하고 화봉은 죽기라도 할 것처럼 펑

펑 울었으나 기개세는 모른 체하고 방을 나와 버렸었다.

기개세는 우연을 몸에서 떼어내려다가 그냥 안고 침상에 누웠다.

그는 똑바로 누워서 자기 때문에 우연은 그의 몸 위에 엎드린 자세가 되었다.

그러나 그날 밤에 기개세는 우연에게 친절을 베푼 대가를 톡톡히 치러야만 했다.

우연이 그의 몸에 먹은 것을 다 토해낸 것으로도 모자라서, 괴로워 몸부림치며 그의 머리카락을 잡아당기는가 하면, 얼굴을 할퀴고 옷을 닥치는 대로 찢어서 그는 거의 한숨도 자지 못한 것이다.

기개세는 물론 우연까지도 그녀가 토해낸 토사물로 온몸이 범벅이 된 상태라서 씻지 않을 수가 없었다.

결국 기개세는 인사불성의 우연을 목욕실로 안고 들어가서 둘 다 옷을 모두 벗고 한밤중에 목욕을 할 수밖에 없었다.

토사물 냄새는 여간해서는 잘 가시지 않기 때문에 기개세는 자신의 몸은 물론 우연의 몸도 구석구석 여러 차례 깨끗한 물로 씻어내야만 했다.

기개세가 우연의 몸을 부지런히 씻고 있을 때 그녀가 힘없이 눈을 뜨고 다 죽어가는 목소리로 간신히 한마디를 중얼거렸다.

"미… 안해요……."

*   *   *

소옥군은 하루 종일 거리를 헤매다 밤이 이슥해서야 어젯밤에 묵었던 객잔으로 돌아왔다.

기개세를 이해하려고, 그리고 그녀의 머릿속에 들어 있는 그저께 밤의 그 추잡한 광경을 지워 버리려고 거리를 헤매면서 무수히 노력했으나 허사였다.

아니, 그러면 그럴수록 알몸의 기개세가 알몸의 세 여자와 어지럽게 뒤엉켜 있던 광경이 더욱 또렷하게 뇌리에 각인되었고, 그래서 더더욱 그를 이해하는 것이 불가능해졌다.

'잘한 거야. 이제 그 사람은 잊어야 해. 그의 곁에 있으면 나만 상처를 받게 될 거야.'

그래서 결국 그런 결론을 내릴 수밖에 없었다.

객잔의 아래층은 주루고 이층이 숙박을 하는 객방이다.

차륵!

소옥군은 입구의 주렴을 걷고 안으로 들어서면서 주루 내를 둘러보다가 뚝 걸음을 멈추었다.

창가 자리에 앉아 있는 모친 소효령을 발견했기 때문이다.

소효령은 석상이라도 된 듯 그 자리에 꼼짝도 하지 않고 앉아서 열어놓은 창밖으로 밤하늘만 응시하고 있었다.

탁자에 시켜놓은 요리에는 손도 대지 않은 채였다.

그녀는 깊은 수심에 잠겨 있는 얼굴인데, 마치 세상의 근심을 혼자 다 갖고 있는 듯했다.

모친의 그런 모습은 소옥군에게는 낯설지 않은 표정이었다.

어제도 모친은 저 자리에 앉아서 지금과 다름없는 모습으로 하루 종일 앉아 있다가 자정이 넘어서야 방으로 돌아왔다.

그러고서도 잠을 이루지 못하면서 밤새 뒤척이고 창가에 서서 거리를 내다보며 이따금 길고도 깊은 한숨을 나직이 내쉬곤 했다.

소옥군은 모친이 왜 그러는지 이유를 몰랐다. 남편 없이도 십팔 년 동안 꿋꿋하게 버텨온 그녀가 어째서 지금 갑자기 지독한 외로움을 느낀다는 말인가.

'도대체 왜……'

몹시 궁금했으나 소옥군은 모친에게 다가가지 않았다. 그녀 자신의 문제만으로도 머리가 복잡했기 때문이고, 자신이 모친에게 도움을 줄 수 없다는 생각에서였다.

"……!"

막 이층으로 향하는 계단으로 걸음을 옮기려던 소옥군은 무엇을 발견했는지 움찔 놀라면서 동작을 멈추었다.

그녀의 동그랗게 커진 눈동자가 멈추어 있는 곳.

그곳에는 낯익은 한 사람이 술잔을 손에 쥔 채 앉아 있었다.

조경오, 바로 그였다.

‘저자가…….’

소옥군이 뻔히 보고 있는 앞에서 모친 소효령의 은밀한 부위를 만지면서 농락했던 바로 그 사내가 바로 이곳에 있었던 것이다.

구석 쪽에 앉아 있는 조경오, 즉 옥마제는 손에 쥐고 있는 술잔을 내려놓지도 마시지도 않으면서 한곳을 뚫어지게 주시하고 있었다.

소옥군은 그가 주시하고 있는 방향을 눈으로 따라가 보다가 가볍게 움찔 놀랐다. 그 시선 끝에 소효령이 앉아 있었기 때문이다.

주루 내에는 대여섯 명의 손님만 있을 뿐인데도 소효령은 옥마제의 존재를 전혀 모르고 있는 듯했다. 그 정도로 정신이 나가 있는 것이다.

주춤!

소옥군은 옥마제에게 다가가려다가 그만두었다. 그녀가 옥마제에게 뭐라고 말할 계재가 아닌 것이다.

또한 그녀는 옥마제의 눈빛에서 짙은 애틋함과 간절함을 발견했다.

‘설마 저자가 어머니를…….’

애정에 대한 경험은 없으나 옥마제의 눈빛이 무엇을 뜻하는지는 어렵지 않게 알 수 있었다.

기분이 착잡해진 그녀는 살래살래 고개를 흔들면서 이층

객방으로 걸음을 옮겼다.

계단을 다 올라온 소옥군은 자신들이 잡아놓은 낭하 끝 쪽의 방을 향해 치맛자락을 끌면서 사뿐사뿐 걸어갔다.

척!

그때 소옥군의 방에서 두 칸 못 미친 앞쪽의 방문이 열리면서 두 사람이 나와 소옥군을 향해 마주 걸어왔다.

낭하가 좁기 때문에 소옥군은 한쪽 옆으로 피해 멈추어 그들이 지나갈 수 있도록 해주었다.

두 사람은 남자이며 흑의를 입었는데, 각기 이십대 중반과 삼십대 후반의 나이 정도로 보였다.

그러려고 한 게 아니지만 옆으로 비켜서 있는 소옥군은 자신의 앞으로 지나가는 두 사람의 얼굴을 자연스럽게 보게 되었다.

앞선 이십대 중반의 청년은 단단하고 날카로운 인상이다.

각진 얼굴과 눈초리가 치켜 올라갔기 때문이다.

당당한 체구에 딱 벌어진 어깨를 지녔으며 오른쪽 어깨에 붉은 손잡이의 검을 메고 있었다.

검파만 붉은색은 특이해서 소옥군의 시선이 자연히 그곳으로 향했다.

붉은 검파의 복판에는 핏물을 칠한 듯 더욱 새빨갛게 도드라져서 만(卍)이라는 글자 세 개가 겹치듯이 양각(陽刻)되어 있었다.

'卍' 자는 길상(吉祥)의 표상이며 보통 불상(佛像)의 가슴 한복판에 새겨서 길상만덕의 상으로 삼기도 하는데, 검파에 새겨져 있는 것은 매우 특이했다.

뒤따르는 두 번째 사내는 하관이 빠르고 강파른 인상이며, 오른쪽 뺨에 엄지손톱 크기의 불그스름한 반점이 있었다.

그자 또한 붉은 검파의 검을 메고 있으며, 앞선 청년보다 하나 적은 두 개의 '卍' 자가 양각되어 있었다.

두 사내는 소옥군 같은 절세미녀에게 눈길조차 주지 않고 전면만 주시하며 스쳐 지나갔다.

소옥군은 무표정한 두 사내에게서 문득 어둠이나 깊은 늪 같은 자욱한 느낌을 받았다.

그러나 그녀는 자신의 방문을 열고 들어갈 때쯤에는 두 사내에 대해서 이미 잊어버리고 있었다.

*　　　*　　　*

낙양성 거리는 아침부터 붐비고 있었다.

기개세를 비롯한 일곱 명, 아니, 어젯밤 새로 능소지에 가입한 부옥령까지 여덟 명은 이른 아침에 식사를 마치고 대정숙으로 향하고 있는 중이다.

방귀 소리 하나로 일약 능소지의 떠오르는 샛별이 된 부옥령의 걸음걸이는 자못 당당했다.

그는 생긴 것이나 하는 짓이 모두 여자 같은데 걸음걸이조차도 아장아장 걸으면서 궁둥이를 살랑살랑 흔들었다.

그는 어젯밤에 술을 처음 마셨으며 또 과음을 했으나 취해서 실수를 하지도 않았으며, 잘 때 괴로워하지도 않았고, 아침에도 숙취 따윈 없이 거뜬하게 일어났다.

그는 지금 그 어느 때보다도 기분이 좋았다. 아니, 이렇게 좋은 기분은 생전 처음이었다.

대정숙에 입교하기 전까지는 집 안에만 틀어박혀 있었기에 특별히 즐거운 일이 없었다.

그리고 대정숙에 입교한 이후에는 삼 년 동안 내내 죽고 싶다는 생각밖에 들지 않았던 고독과 고통의 나날이었다.

그런데 지금은 자신의 간과 쓸개를 다 내주어도 아깝지 않을 친구들이 한꺼번에 일곱 명씩이나 생겼다.

더구나 그들은 부옥령의 최대 약점인 방귀 소리를 너무나도 좋아해 준다.

'능소지 친구들만이 나의 진정한 친구들이야. 이들을 위해서라면 나는 기꺼이 죽을 수 있어.'

그래서 그는 속으로 그런 말을 수없이 되풀이하고 있다.

기개세 좌우에서는 부옥령과 손진이 나란히 걸었다.

그리고 우연은 기개세의 등에 업혀 있었다. 그녀는 간밤의 과음으로 지금까지 비몽사몽한 상태였다.

기개세 뒤로 진운상과 유석, 유정, 서주동이 나란히 따르고 있었다.

이들은 첫 외박을 끝내고 사시(巳時:오전 10시)까지 대정숙에 입숙하기 위해서 가고 있는 중이다.

첫 외박으로 대정숙을 나올 때 여덟 명이었고, 들어갈 때도 여덟 명이다.

그러나 사람이 달라졌다. 소옥군 대신 부옥령이 그 자리를 메운 것이다.

우연은 기개세의 넓은 등에 뺨을 댄 채 눈을 꼭 감고 있는데, 안색이 해쓱했고 하룻밤 새에 꽤 수척해진 듯했다.

두 팔은 기개세를 안을 힘도 없어서 아래로 축 늘어뜨린 채 아기가 옹알이를 하듯이 앓는 소리를 내고 있었다.

기개세는 우연의 조그맣고 아담한 궁둥이를 받치고 있는 두 손으로 부드럽데 툭툭 두드리거나 상체를 좌우로 약간씩 흔들면서 마치 아기를 어르듯 했다.

"으응… 흐응……."

그러면 우연은 정말 아기라도 된 듯 몸을 더 작게 웅크리면서 기개세의 등으로 파고들었다.

"연아, 많이 힘드냐?"

기개세는 고개를 돌리며 미소 띤 얼굴로 물었다.

그러자 우연은 대답이라도 하듯 두 팔을 힘겹게 들어 올려 그의 목을 꼭 안았다.

바로 그 순간 마주 오던 행인들 틈에서 두 명의 흑의경장인이 놀라운 속도로 기개세를 향해 쏘아왔다.

　스긍!

　두 명의 흑의경장인은 불과 일 장 거리에서 느닷없이 쏘아 오면서 어깨의 검을 뽑으며 그대로 기개세의 머리와 목을 공격해 왔다.

　쐐애액!

　기개세는 우연을 돌아보고 난 후에 고개를 전면으로 향하려다가 허공을 갈가리 찢는 파공음을 듣고 흠칫 놀랐다.

　그가 재빨리 전면을 봤을 때는 이미 두 명의 흑의경장인이 찌르고 그어 내리는 두 자루 검이 어느새 반 장 앞까지 쇄도하고 있는 중이었다.

　암습자를 발견한 것이 너무 늦었다. 더구나 그는 우연을 업고 있으므로 검을 뽑을 수도 없는 상황이다.

　그뿐만이 아니라 혼자 몸이 아니라서 피하는 것조차도 여의치가 않다.

　오른쪽 흑의경장인의 검은 세로로 기개세의 정수리를 향해 그어져 내리고, 왼쪽 흑의경장인의 검은 목을 향해 일직선으로 찔러오고 있다.

　그 순간 방금 전에 두 명의 흑의경장인이 막 스쳐 지난 한 명의 홍의방갓인이 어느새 상체를 뒤로 완전히 젖히면서 오른손을 떨쳤다.

　피잉!

홍의방갓인의 오른손에서 두 줄기의 붉은 빛살이 뿜어지며 쾌속하게 두 명의 흑의경장인의 뒤통수를 향해 쏘아갔다.

상체가 완전히 뒤로 젖혀진 홍의방갓인의 두 눈동자가 핏빛으로 번쩍였다.

홍의방갓인은 바로 소랑이었다.

그녀는 기개세가 낙성검가를 출발할 때부터 그의 일 장 앞에서 걸었다.

첫날밤에 기개세와 함께 자고 난 이후부터 보이지 않던 그녀는 그가 대정숙으로 입숙하는 날 아침에 홀연히 나타난 것이었다.

물론 그녀는 기개세의 곁을 한시도 떠나지 않았었다.

다만 그가 둘째 날 밤에는 가란과 설화쌍봉, 셋째 날 밤에는 우연과 함께 잤기 때문에 그의 방 벽에 붙어서 은신한 채 호위하고 있었다.

소랑이 기개세의 전방을 호위하는 것은 그가 지시한 일이 아니라 독단적으로 결정하고 행동하는 것이었다.

하지만 기개세는 처음부터 소랑의 뒷모습만 보고도 그녀의 존재를 한눈에 알아보았다.

소랑이 두 명의 흑의경장인을 향해 쏘아낸 것은 두 자루의 붉은색 비수(匕首)였다.

그것은 요혈비(妖血匕)라는 이름을 갖고 있으며 소랑이 가장 자랑하는 세 가지 수법 중 하나였다.

한 뼘 길이이며 손잡이에는 가늘고 긴 강사(鋼絲)가 묶여 있어서 발출과 회수는 물론이고, 방향까지 마음대로 조절할 수가 있다.

두 흑의경장인의 검이 아무리 빠르다고 해도 비수, 즉 요혈비보다 빠를 수는 없다.

그들은 목숨을 바쳐서라도 기개세를 죽여야 하는 임무를 띠고 있었다.

그러나 그들의 검이 기개세의 몸에 닿기도 전에 요혈비가 뒤통수를 꿰뚫을 상황이다.

자신들이 죽어가면서 기개세도 죽일 수만 있다면 기꺼이 그러겠지만 지금의 상황은 그럴 수가 없었다.

오른쪽의 흑의경장인은 찰나를 열로 쪼갠 순간에 본능적으로 재빨리 생각을 했다.

자신이 비수를 살짝 피하면 그것이 기개세를 맞힐 수 있을지를 파공음을 듣고 가늠해 보았다.

하지만 비수가 기개세 오른쪽 귓가를 두 치 이상 벗어날 것이라는 계산이 나왔다.

다음 생각은 자신이 비수를 피하는 것과 동시에 기개세를 재차 공격해도 가능성이 있느냐는 것인데, 충분히 가능하다는 결론을 내렸다.

여자아이를 업고 있는 기개세는 여전히 꼼짝 못하는 상태고, 그 양쪽의 손진과 부옥령은 그제야 급습에 대한 놀라움을 막 얼굴에 떠올리기 시작하고 있었다.

순식간에 생각을 하고 결론을 내린 오른쪽의 흑의경장인
은 요혈비가 뒤통수 반 뼘 거리에 이르렀을 때 번개같이 살짝
고개를 틀었다.

패액!

요혈비가 귓가를 스치고 지나가는 순간, 그는 잠시 멈췄던
검을 기개세의 정수리를 향해 다시 맹렬히 그어 내렸다.

무기를 한 번 멈칫했다가 다시 그어 내리면 속도나 위력이
반감되는 법인데, 전혀 그렇지 않고 처음이나 조금도 다르지
않았다.

왼쪽의 흑의경장인은 조금 더 간명하면서도 확실한 방법
을 선택했다.

득달같이 달려들던 여세를 빌어서 기개세의 왼쪽 옆 부옥
령과의 사이로 파고들면서 몸을 틀어 그의 겨드랑이 아래를
향해 검을 뻗었다.

부옥령은 그자가 자신과 부딪칠 듯이 돌진하자 부지중에
주춤 두어 걸음 뒤로 물러났다.

슈욱!

기개세는 우연을 업느라 두 팔을 뒤로 돌리고 있는 자세이
기 때문에 겨드랑이가 열려 있는 상태다.

그러므로 검이 왼쪽 겨드랑이로 반 자만 쑤시고 들어오면
심장을 관통당하게 될 것이다.

피잉!

소랑이 발출한 또 한 자루의 요혈비가 기개세의 왼쪽 귓가를 스치고 지나갔다.

그 순간 어느새 왼쪽 흑의경장인의 검이 기개세의 겨드랑이 아래를 파고들고 있었다.

바로 그때 기개세는 업고 있던 우연을 놓아버리는 것과 동시에 왼팔을 앞으로 재빨리 끌어당겨 겨드랑이를 가리는 한편, 오른손으로는 정수리 위 두 뼘 거리에 쇄도하고 있는 검을 잡아나갔다.

한꺼번에 두 가지 동작이다.

왼팔로는 심장을 보호하고, 오른손으로는 정수리를 쪼개고 있는 검을 잡으려는 것이다.

만약 이 상황에서 그의 오른손이 옥수로 변하지 않는다면 손바닥이 잘라지는 것은 물론이고, 팔뚝과 정수리까지 고스란히 쪼개질 터였다.

슉!

푹!

왼쪽 흑의경장인의 검이 기개세의 왼쪽 어깨를 쑤셨다.

그 순간 기개세는 자신의 정수리에 막 닿고 있는 오른쪽 흑의경장인의 검신을 오른손으로 움켜잡았다.

째앵!

어느새 기개세의 오른손은 옥수로 변해 있었으며, 검을 움켜잡자마자 얼음이 되어 산산조각으로 부서졌다.

"흐윽!"

오른쪽 흑의경장인은 검파를 타고 전해지는 엄청난 극빙 지기에 오른팔이 마비되는 것을 느끼고는 헛바람을 들이켜며 주춤 뒤로 물러섰다.

아직 놀라는 표정을 얼굴에서 지우지 못하고 있는 손진은 그제야 비로소 본능적으로 오른손을 어깨의 검을 향해 재빨리 가져가며 부지중 전면에서 물러나고 있는 오른쪽 흑의경장인의 얼굴을 쳐다보았다.

손진의 눈에 흑의경장인의 뺨에 손톱 크기의 붉은 반점이 있는 것이 똑똑히 보였다.

왼쪽 흑의경장인은 검이 기개세의 어깨를 찌르고 검첨이 어깨뼈 때문에 가로막히자 힘을 주어 더 깊이 찔러 넣으려고 했다. 그래야지만 심장을 찌를 수 있기 때문이다.

그러나 그는 뜻을 이루지 못했다.

차앙!

갑작스런 급습에 크게 놀라서 두어 걸음 뒤로 물러났던 부옥령이 번쩍 정신을 차리고 검을 뽑아 곧장 왼쪽 흑의경장인을 그어가고 있었기 때문이다.

그러나 왼쪽 흑의경장인은 부옥령의 검을 피하려 하지 않고 오히려 기개세의 어깨에 꽂힌 검을 더 깊이 밀어 넣으려고 힘을 주었다.

그 행위는 자신의 목숨을 버리더라도 기필코 기개세를 죽이겠다는 뜻이었다.

흠칫 놀란 부옥령은 왼쪽 흑의경장인의 머리를 향해 그어 내리던 검의 방향을 슬쩍 틀어 맹렬히 그어 내렸다.

쟁!

그의 검이 기개세의 왼쪽 어깨에 박힌 검신을 위에서 아래로 짧게 때렸다.

그 바람에 검이 기개세의 어깨를 쭉 가르면서 반 뼘이나 아래로 내려가 팔꿈치 위에서 멈추었다.

하지만 검이 어깨뼈를 뚫고 심장을 찌르는 것을 막았다.

땅!

순간 그 검 위에 얹혀 있던 부옥령의 검이 번개같이 검신을 왼쪽으로 훑으면서 검환(劍環:칼코둥이)를 강하게 때리자 기개세의 팔에서 검이 쑥 뽑혔다.

왼쪽 흑의경장인은 한 걸음 주춤 물러났다가 다시 기개세를 공격하려는 자세를 잡았다.

하지만 부옥령이 가만히 있지 않았다. 그는 물 흐르는 듯한 보법을 밟으면서 눈부신 검법을 펼치며 왼쪽 흑의경장인을 공격해 갔다.

그가 전개하는 검법은 지난 삼 년 동안 밤낮으로 죽어라고 연마한 나부파의 적하검법이었다.

서른여덟 차례의 승급 시험에서 번번이 떨어져 대정숙 사상 가장 치욕스러운 기록을 매번 경신했던 그 적하검법이다.

그러나 지금 부옥령의 검에서 펼쳐지고 있는 적하검법은 승급 시험에서의 그 보잘것없는 검법이 아니었다.

나부파의 어떤 제자도 이 정도 수준의 적하검법을 전개할 수 없을 정도로 완벽한 솜씨였다.

자신을 믿어준, 자신을 지지해 준 기개세를 구해야겠다는 부옥령의 일념이 만들어내고 있는 검법이기 때문이다.

그는 신들린 듯 왼쪽 흑의경장인을 향해 적하검법을 쏟아내며 신형을 번쩍 날렸다.

그 순간 그의 예쁘장한 엉덩이에서는 예의 아름다운 가락이 뿜어졌다.

뽀오옹~!

긴장하고 흥분하면 으레 삐져나오는 방귀가 지금이라고 참아줄 리가 없었다.

두 명의 흑의경장인이 급습을 가하고, 기개세가 옥수로 정수리 위의 검을 얼음 조각으로 부수는 것과 동시에, 부옥령이 왼쪽 흑의경장인을 공격하기까지 걸린 시간은 길어야 두 차례 눈을 깜빡일 짧디짧은 시간이었다.

왼쪽 흑의경장인은 급습이 실패한 이상 한시바삐 이 자리를 벗어나야 하는데 부옥령이 뇌주지를 않았다.

몸을 돌려야만 도주할 수 있는데 부옥령이 소나기처럼 공격을 퍼붓고 있어서 그것을 피하고 막느라 도무지 그럴 틈이

나지 않았다.

기실 왼쪽의 흑의경장인은 부옥령은 물론이고, 능소지에서 가장 고강한 진운상보다도 서너 수 위의 초일류고수였다.

그러나 아무리 그렇더라도 뒤로 달리는 재주나 수직으로 솟구쳐서 사라지는 재주가 없는 한 일단 부옥령을 한 걸음 물러나게 해야지만 도주할 기회를 얻을 수가 있을 것이다.

창!

부옥령보다 일수유(一須臾:손가락을 한 번 튕기는 순간) 정도 늦게 손진이 검을 뽑으며 오른쪽의 흑의경장인을 공격해 갔다.

그리고 같은 순간 소랑도 어깨의 핏빛 검을 뽑으며 오른쪽 흑의경장인을 공격하기 시작했다.

그뿐 아니라 기개세 뒤에서 따르던 진운상과 유석이 부옥령을 도와 왼쪽의 흑의경장인을 향해 쏘아갔다.

"둘째 오빠!"

유정은 자지러지는 비명을 지르며 기개세에게 달려왔다.

그리고 서주동은 땅에 쓰러져 있는 우연을 안아 들었다.

천검사신위의 명령을 받은 네 명의 그림자, 즉 천검사영(天劍四影)이 이틀 전부터 기개세를 근접 호위하고 있었다.

오늘 아침에 그들은 기개세를 중심으로 대로의 양쪽과 전면, 후방에서 각각 한 명씩 기개세로부터 삼사 장의 거리를 두고 기개세와 같은 속도로 진행하고 있는 중이었다.

기개세의 전면 삼 장에서 앞서고 있던 사람은 도격이었다.

그런데 그는 두 명의 흑의경장인이 자신을 스쳐 지날 때까지도 그들에게서 추호의 살기를 감지하지 못했다. 그랬기에 그들이 기개세를 급습할 수 있었던 것이다.

곧 기개세를 죽여야 하는 자들이 살기마저 완벽하게 감출 수 있다는 것은, 그들이 결코 평범한 자들이 아니라는 사실의 방증이었다.

네 명의 그림자 천검사영은 두 흑의경장인이 기개세를 급습하는 것을 발견하는 순간 그를 보호하기 위해서 전력으로 그를 향해 달렸다.

하지만 애초부터 그들과 기개세의 거리, 즉 삼사 장은 너무나 멀었다.

그들이 제아무리 뛰어난 고수라고 해도 일 장 거리에서 급습을 가한 초일류고수 두 명을 제지하지는 못한다.

하지만 그들 대신 천행으로 소랑과 부옥령이 기개세를 구했으며, 손진과 진운상, 유석, 유정 등 능소지 친구들이 그를 보호했다.

그 모든 일이 믿을 수 없게도 두 호흡이라는 극히 짧은 시간 안에 벌어졌다.

천검사영이 삼사 장을 달려오는 데에는 아무리 빨라도 세 호흡 이상이 필요하다.

　그리고 그들이 현장에 도착했을 때 두 명의 흑의경장인은 먼발치에서 둥글게 원을 형성한 채 구경하고 있던 행인들 속으로 유유히 사라진 후였다.

　부옥령과 소랑, 손진을 비롯한 능소지 친구들은 발군의 실력을 지녔지만, 두 명의 흑의경장인을 잡아두고 있기에는 아직 많이 부족했던 것이다.

　한 걸음 늦게 도착한 천검사영은 무기를 뽑아 들고 기개세에게서 서너 발자국 거리의 네 방향에서 그를 호위하면서 사위를 날카롭게 살폈다.

　"주군!"

　천검사영 중 태극문주 도기운의 아들이며 총당주인 도격이 다급히 기개세를 불렀다.

　"물러나라!"

　그러나 위협을 느낀 유정은 왼팔로 기개세를 부축한 채 오른손으로 움켜잡은 검을 힘차게 도격에게 겨누면서 눈을 부라렸다.

　기개세가 급습을 당하고 또 부상을 입은 것을 바로 목전에서 목격한 그녀는 반쯤 이성을 잃은 상태였다.

　그때 두 명의 흑의경장인을 놓친 능소지 친구들은 기개세를 에워싼 네 명의 그림자를 발견하고 그들을 적으로 오해, 득달같이 공격해 갔다.

　"멈춰라!"

기개세가 오른팔을 들며 우렁차게 외쳤다.

"이들은 같은 편이다."

그의 말에 능소지 친구들은 일제히 공격을 멈추었다.

하지만 주위를 날카롭게 살피면서 경계를 늦추지 않았다.

"진아, 정아와 함께 영이를 부축해라."

능소지 발장인 유석이 지시하자 손진은 즉시 기개세에게 다가와 유정과 함께 양쪽에서 그를 부축했다.

조금 전에 다급한 나머지 기개세를 '주군'이라고 불렀던 도격은 재빨리 기개세의 상처를 살폈다.

왼쪽 어깨에서 팔꿈치 바로 위까지 세로로 길게 갈라진 부위에서 피가 많이 쏟아졌으나 방금 전에 유정이 지혈을 하여 일단 피는 멎었다.

그 외에 다른 상처는 없었다.

갑작스런 급습에 심한 부상까지 입었으나 기개세는 조금도 위축되거나 당황하는 기색이 아니다.

"신효."

오히려 그는 이 사태를 수습하려는 생각에 나신효를 부르며 가까이 다가오라고 가볍게 고개를 끄덕였다.

나신효는 재빨리 기개세 앞에 서서 시립하는 자세를 취했다.

"방금 그자들이 누구냐?"

"모르겠습니다."

기개세도, 나신효도 최대한 말을 아껴서 했다. 능소지 친구들이 있는 곳에서 할 말을 다 할 수 없기 때문이었다.

"조치를 취했느냐?"

나신효는 전음으로 공손히 대답했다.

[이미 수하들에게 추격을 명령했으며 이곳을 중심으로 성내 전체를 차단했습니다.]

기개세가 고개를 끄덕이자 나신효는 즉시 물러나지 않고 복잡한 표정으로 조심스럽게 기개세의 표정을 살폈다.

자신들의 불찰로 기개세가 심한 부상을 당했기 때문에 죄스러워서 어쩔 줄을 몰라 하는 것이었다.

기개세가 나신효에게 물은 것은 그의 가문인 성검문이 낙양성에 있으므로 이곳 사정에 밝을 것이기 때문이다.

나신효가 물러나기를 기다렸다가 도격이 기개세에게 전음으로 물었다.

[주군, 괜찮으십니까?]

그는 기개세가 부상을 입은 것에 대해서 자신의 책임을 통감하고 있었다.

그가 기개세 전방 삼 장에서 걸으며 두 명의 흑의경장인을 간파하지 못하고 지나쳤기 때문이다.

기개세는 가볍게 고개를 끄덕여 보였으나 도격은 여전히 마음이 납덩이처럼 무거웠다.

기개세는 천검사영을 천천히 둘러보았다.

그가 알고 있는 사람은 나신효와 도격뿐이라서 나머지 두 사람을 살펴보았다.

사십오 세가량의 강직해 보이는 중년인과 이십이삼 세가량의 여자다.

중년인은 비범한 기도를 흩뿌리는 모습에 어깨에는 한 자루 큼직한 대도를 메고 있었다.

여자는 갸름한 윤곽에 새하얀 살결을 지녔으며 몹시 오만한 인상이 풍겼다.

마치 세상 사람 모두를 자신의 발아래에 두고 있는 듯한 자신감과 도도함을 지닌 용모고, 기도를 지녔다.

중년인은 북경성 뇌룡문의 백도장이고, 여자는 취봉문 문주인 취봉선자 우지화의 바로 아래 둘째 여동생인 우림(禹琳)이다.

도격과 나신효, 우림은 모두 대정숙 출신인 대정고수다.

뇌룡문의 백도장과 나신효는 임시로 기개세의 천검사영을 맡고 있었다.

천검신문의 문주가 출현하지 않은 상태에서도 천검사영은 십 년 간격으로 꾸준히 선발되어 왔다.

천검사영은 항상 젊은이로 선발된다. 그래서 천검신문 문주가 출현하면 그를 죽을 때까지 최측근에서 호위한다.

출현하지 않을 경우에는 십 년 후에 다시 새로운 네 명의 젊은이로 교체된다.

원래 이번 회기에는 도격과 우림, 담신기, 나운상, 네 사람
이 천검사영으로 선발됐었다.

하지만 담신기와 나운상이 아직 대정숙을 수료하지 못했
기 때문에 백도장과 나신효가 임시로 천검사영 두 명을 대신
하고 있는 것이었다.

사실 나신효는 얼마 전까지만 해도 천검사영이었다.

십육 세 때에 천검사영으로 선발되었다가 십 년 동안 천검
신문 문주가 출현하지 않자 이 년 전, 이십육 세 때에 천검사
영에서 물러났었다.

그리고 그의 두 번째 아래 여동생인 나운상이 십오 세 때에
이번 대 천검사영으로 선발됐다.

뇌룡문의 담신기는 맏아들이다. 그에게는 세 명의 동생이
있으나 모두들 아직 어리기 때문에 그가 대정숙에 들어가 있
는 동안에 천검신문 문주가 출현하면 천검사영의 대역을 맡
아줄 사람이 마땅히 없었다. 그래서 백도장이 임시로 맡아주
고 있는 것이다.

기개세의 시선을 느낀 백도장과 우림은 감히 마주 쳐다보
지 못하고 약간 허리를 굽혔다.

다른 사람의 이목이 없었다면 마땅히 바닥에 엎드려 부복
을 했을 것이다.

천검사영은 기개세의 부상 때문에 너무나 신경이 쓰였다.

자신들이 제대로 호위하지 못했다는 자책감과 속히 부상

을 치료해야 한다는 조급함이 그들을 초조하게 만들었다.

더구나 지금으로선 자신들이 아무것도 할 일이 없다는 사실이 마음을 더 착잡하게 가라앉혔다.

"가자."

기개세는 양쪽에서 손진과 유정의 부축을 받으며 걸음을 옮겼다.

"괜찮겠어?"

어젯밤 술자리에서 겨우 기개세에게 말을 트게 된 손진이 잔뜩 걱정스런 얼굴로 물었다.

"일단 입숙한 후에 치료를 해야겠다."

아무도 기개세의 말에 이의를 제기하지 못했다. 현재로선 그 방법밖에 없기 때문이다.

길거리에서 치료를 할 수도 없고, 의방이나 낙성검가로 되돌아가는 것도 당치 않다.

어쨌든 오늘 아침 사시까지는 대정숙에 입숙을 해야만 하는 것이 규칙이다.

그렇기 때문에 상처를 치료하든 방금 전 그 일에 대해서 생각을 하는 것은 그다음 일이다.

"영아, 너를 급습했던 자들은 누구냐?"

유석이 기개세를 부축한 유정 옆에서 따르며 궁금한 얼굴로 물었다.

그 일은 비단 그만이 아니라 능소지 친구들 모두가 몹시 궁금하게 여기고 있었다.

"나도 몰라. 이제부터 알아봐야지."

기개세는 고개를 가로젓고는 입을 다물었다.

천검사영은 묵묵히 기개세의 뒤를 따랐다.

유석, 손진 등 능소지 친구들은 천검사영이 적이 아니라는 것은 알았으나 그들이 누군지 궁금하다는 얼굴로 조심스럽게 살펴보았다.

문득 손진은 진운상이 천검사영을 보면서 적잖이 놀라는 표정을 짓는 것을 발견했다.

'운상은 이들이 누군지 아는 것이 분명해.'

손진은 내심 그렇게 확신했으나 내색하지 않고 묵묵히 걷기만 했다.

아무도 입을 열지 않았으나 속에서는 많은 생각이 복잡하게 얽히고설켰다.

천검사영의 우림은 자신과 나란히 걷고 있는 서주동의 품에 안겨 있는 우연을 힐끗 쳐다보았다.

우연은 여전히 축 늘어진 채 꿈속을 헤매고 있는 중이었다.

우림은 우연에게서 아직도 풀풀 풍기고 있는 술 냄새를 맡고는 가볍게 눈살을 찌푸렸다.

천검사영은 최측근에서 기개세를 호위하기 때문에 어젯밤에 능소지 친구들이 새로 가입한 부옥령과 함께 요란하게 방귀 시합을 벌이면서 자정이 넘도록 술을 마셨다는 사실을 잘 알고 있었다.

우림은 술을 마시던 도중에 우연이 만취되어 기개세의 무릎에 마주 보는 자세로 앉아 그의 가슴에 얼굴을 묻은 채 잠든 것을 보며 착잡함을 금치 못했었다.

보통 천검사영은 기개세가 활동을 하지 않을 경우에는 한 사람씩 돌아가면서 기개세를 호위하는데, 어젯밤 해시(亥時:밤 10시)부터 다음날 새벽 인시(寅時:새벽 4시)까지는 우림의 차례였다.

보통 호위하는 장소는 지붕 아래 천장이다. 천장은 한 채의 전각 전체가 트여 있어서 어디든지 갈 수가 있으며, 곳곳에 조그만 구멍들을 수십 개 뚫어놓았기 때문에 아래를 일목요연하게 확인할 수가 있다.

우림은 어젯밤에 기개세가 자신의 몸에 딱 붙어 떨어지지 않는 우연을 데리고 자신의 방으로 가서 잠을 청한 것과 우연이 토해서 두 사람이 오물범벅이 된 일, 그리고 기개세가 우연을 목욕실로 안고 들어가서 옷을 벗기고 깨끗이 씻겨준 광경들을 속속들이 보았다.

우림은 지금 자신의 우연을 바라보면서 착잡한 표정을 감추지 못하고 있었다.

서주동은 우림의 시선을 느끼고 그녀와 우연을 번갈아 쳐다보더니 가볍게 눈살을 찌푸리면서 우림이 보지 못하도록 우연의 머리 위치를 반대쪽으로 바꿔서 안고는 자신의 몸으로 가렸다. 우연을 보호하려는 본능적인 행동이다.

우림이 슬쩍 서주동을 쳐다보자 그는 지지 않고 냉담한 눈빛으로 마주 쏘아보았다.

낯선 자에 대한 본능적인 경계심이다.

서주동은 얼음처럼 차갑고 오만한 모습의 우림과 토끼처럼 작고 귀여운 우연이 친자매일 것이라고는 꿈에도 생각하지 못했다.

"너희는 물러가라."

그때 기개세가 쳐다보지도 않고 나직이 중얼거렸다.

그러자 천검사영은 가볍게 고개를 숙여 보인 후 좌우와 뒤쪽으로 눈 깜짝할 사이에 사라졌다.

능소지 친구들은 급히 주위를 둘러봤으나 천검사영의 모습을 찾지 못했다.

하지만 천검사영은 완전히 사라진 것이 아니라, 보이지 않는 주변에서 그림자처럼 기개세를 따르고 있었다.

[조금 전에 낙성검가의 차남 유영을 습격했던 자들은 대체 뭐지?]

[나도 모르겠네.]

멀찍이 인파 속에 섞여 있는 두 사람이 기개세 일행의 점점 멀어져 가는 뒷모습에 시선을 고정시킨 채 전음입밀을 주고받았다.

그들은 옥마제와 적마제였다.

혹시나 운이 좋아서 천검신문의 후계자를 암살할 수 있지 않을까 해서 기개세 일행이 낙성검가에서 나올 때부터 멀리서 미행하고 있었다.

그러나 아직도 천검신문의 후계자가 장남인지 차남인지도 모르는 상황인데다, 그들 주변에 능소지 친구들뿐만이 아니라 행인에 섞여서 천검사영, 천검사호문 고수들이 은밀하게 호위하고 있다는 사실을 간파하고는 언감생심 암살할 꿈도 꾸지 못했다.

그런데 느닷없이 두 명의 흑의경장인이 낙성검가의 차남 유영을 급습하여 중상을 입힌 일이 벌어진 것이다.

[그놈들이 어째서 유영을 죽이려고 한 거지?]

적마제가 고개를 갸웃거렸다.

[유영이 천검신문의 태문주 후계자가 분명하다.]

"그래?"

옥마제가 진지한 얼굴로 단정하듯이 말하자 적마제가 놀란 육성으로 나직이 외쳤다.

적마제는 웬만해서는 놀라지 않는 인물인데 옥마제의 말에는 놀라지 않을 수가 없었다.

두 사람은 움찔 놀라서 급히 주위를 둘러보았으나 주변의 행인 두세 명만 이상하다는 듯 쳐다볼 뿐이었다.

옥마제는 천천히 걸음을 옮기며 전음으로 설명했다.

[흑의경장인들이 누군지는 모르지만 그들이 유영을 습격했다는 것, 그리고 그 직후에 네 명의 고수가 유영 주위로 몰려들어 호위하면서 그에게 공경한 태도를 취하는 모습을 똑똑히 보았네.]

[그럼 그 네 명의 고수가…….]

[천검신문 태문주를 지키는 천검사영이 틀림없네.]

[음! 그랬었군.]

이후 두 사람은 묵묵히 대정숙 전문까지 갔다가 그곳에서 기개세 일행이 전문 안으로 들어가는 광경을 보고는 발길을 돌렸다.

第四十九章

불신 (不信)

대사부

　대정숙 계생전의 재당(식당)에 소옥군은 반 시진 전부터 다소곳이 앉아 있었다.

　그녀는 입숙 마감 시각인 사시 반 시진 전에 도착하여 계생전을 관장하고 있는 반계령에게 입숙 확인을 받고는 곧장 자신의 방으로 들어간 이후 한 시진 동안 꼼짝도 하지 않았다.

　그런데 그녀는 방 안에 한 시진이나 있는 동안 다른 능소지 친구들이 돌아오는 기척을 전혀 느끼지 못했다.

　원래 그녀는 기개세를 보지 않을 생각으로 방에서 나오지 않고 있었다.

　그녀는 앞으로도 대정숙을 수료할 때까지 기개세를 보고

싶지 않았다.

이제 잠시 후면 거처를 임생전으로 옮기게 될 것이고, 그때 그녀는 기개세를 비롯한 능소지 친구들하고 다른 방을 택할 생각이었다.

능소지 친구들하고 헤어지는 것은 안타까운 일이지만 기개세와의 인연을 끊으려면 어쩔 수 없는 일이었다.

심중으로 그런 단호한 결심을 했는데 어찌 된 일인지 기개세는 물론이고, 능소지 친구들이 아무도 돌아오지 않고 있는 것이다.

한둘이 아니라 낙성검가에 있던 모두가 오지 않는다는 것은 대정숙에 입숙을 하지 않았다는 뜻이다.

제시간에 입숙을 하지 않으면 한 점의 벌점이 주어지고 일 년 동안 다섯 개의 벌점이 누적되면 대정숙에서 강제 퇴교를 당할 수밖에 없다.

대정숙에서 생활하다 보면 언제 어디에서 벌점을 받을지 모르는 일이다.

그러므로 단 한 점의 벌점이라도 받지 않기 위해서 항상 신경을 곤두세워야만 한다.

아니, 지금은 벌점이 문제가 아니다. 기개세를 비롯한 모두가 돌아오지 않는 것은 그들의 신변에 변고가 생겼음을 뜻하는 것이다.

기개세와의 인연을 끊고, 그것 때문에 능소지 친구들을 다

시는 보지 않겠다고 스스로에게 단단히 맹세한 소옥군이지
만, 생각이 거기까지 미치자 마음이 조급해져서 가만히 있을
수가 없었다.

소옥군은 반계령을 만나서 어떻게 된 일인지 알아보려고
몸을 일으켰다.

쿵쿵쿵!

바로 그때 누군가 계생전 이층으로 급하게 달려 올라오는
발자국 소리가 들렸다.

일어나려던 소옥군은 그대로 다시 앉았다.

쿵쿵쿵쿵!

그 사람은 재당 앞을 지나 빠르게 복도를 달려갔다. 누군지
는 알 수 없으나 바닥이 울리는 중량감으로 미루어 남자가 분
명했다.

왈칵!

방문을 거칠게 여는 소리가 들렸다. 달려간 거리와 방문이
열리는 소리로 미루어 우연의 방인 듯했다.

남자가 우연의 방문을 열다니, 이상한 일이다.

탁!

쿵쿵쿵쿵!

그런데 방문이 닫히고 발자국 소리가 다시 계단 쪽으로 이
어지고 있었다.

그가 다시 나가려는 것이라고 생각한 소옥군은 즉시 일어

나 재당 문을 열었다.

"아! 천궁 소저!"

아직까지 깨어나지 못하고 있는 우연을 자신의 방에 눕히고 계단으로 달려오던 서주동이 재당 문을 열고 나오는 소옥군을 발견하고 급히 멈추었다.

그는 소옥군이 묻기도 전에 몹시 당황한 표정과 빠른 어조로 설명했다.

"대정숙으로 돌아오는 길에 대로상에서 유영 형이 괴한들로부터 습격을 받아 중상을 입었습니다! 지금 능소지 친구들은 모두 그의 곁에 있습니다."

난데없는 말에 소옥군의 두 눈이 동그랗게 커졌다.

"어… 얼마나 다쳤나요?"

그렇게 묻는 소옥군의 목소리가 가늘게 떨렸으나 그녀 자신은 전혀 느끼지 못했다.

서주동은 자신의 왼쪽 어깨를 가리켰다가 팔꿈치 쪽으로 죽 그어 내리며 좀 과장된 표정과 몸짓으로 설명했다.

"여기에서 여기까지 두 치 이상 깊이로 한 뼘가량 갈라졌는데, 피를 많이 흘렸습니다."

"그는 지금 어떤가요? 어디에 있죠?"

문득 이 와중에도 서주동은 소옥군이 화가 나서 기개세를 떠났었다는 사실을 떠올리고 나름대로 기개세를 도와줘야겠다는 생각을 했다.

그는 몹시 심각한 표정으로 고개를 좌우로 가로저었다.

"의방 의원 말로는 피를 너무 많이 흘려서 위험한 상태고, 목숨을 건지더라도 왼팔을 잃을 수 있다는 것입니다."

"……."

소옥군의 안색이 해쓱하게 변하는 것을 서주동은 놓치지 않았다. 그리고는 여세를 몰아 한마디 더 했다.

"유 형은 혼수상태에서도 천궁 소저의 이름만 부르고 있습니다. 의원은 가까운 사람이 곁에 있어주면 고비를 넘길지도 모른다고 말했습니다."

그러나 그 말은 하지 않은 편이 좋을 뻔했다.

기개세가 혼수상태에서 소옥군의 이름만 부르고 있다는 말만 들었을 때에는 울컥 감동을 했다.

그러나 그다음 말이 소옥군의 감동에 찬물을 끼얹었다. 피를 너무 많이 흘려서 위험한 상태인 사람이 가까운 사람이 곁에 있다고 해서 어찌 고비를 넘긴단 말인가.

또한 그런 말을 대정숙의 의원이라는 사람이 했다는 자체가 신빙성이 없었다.

"천궁 소저, 불초하고 함께 유 형에게 가봅……."

속으로 득의한 회심의 미소를 지으면서 말하던 서주동은 말끝을 흐렸다.

소옥군이 획 몸을 돌려 자신의 방을 향해 걸어가고 있었기 때문이다.

"천궁 소저."

"가서 전해요. 그런 얕은 술수를 쓰다니, 저질인 것은 여전하다고 말이에요."

그녀는 기개세가 다쳤다는 것 자체를 그가 꾸민 술수라고 판단했다.

기개세가 중상을 입었다는 것이나 능소지 친구들이 계생전에 나타나지 않는 것이 모두 소옥군 자신을 자연스럽게 기개세 곁으로 불러내려는 술수라고 생각한 것이다.

'더 이상 구제불능이야. 덕분에 그나마 조금 남아 있던 미련마저도 다 사라져 버렸어.'

그래서 소옥군은 오히려 고맙다는 생각이 들었다.

서주동은 방으로 들어가는 소옥군을 보면서 발만 동동 구를 뿐이었다.

대정숙 의방에는 삼십여 개의 의실(醫室)이 있으며 평소에는 절반 이상이 차 있다.

의방 소속의 열 명의 의원은 치료를 받는 대정생도에 대해서 의무적으로 상세하게 보고를 해야 한다.

그러나 보통은 의방을 찾는 대정생도 모두는 지나치게 무공 연마를 하다가 내상이나 부상을 당해서 입실을 하는 것이기 때문에 특별히 문제될 일이 없었다.

하지만 오늘 아침에 입실하여 치료를 받은 기개세로 인해서 작은 소요가 일어났다.

그가 대정숙으로 돌아오는 길에 대로상에서 두 명의 괴한에게 습격을 받아 중상을 입은 사건 때문이다.

대정생도가 밖에서 습격을 당하는 경우는 지난 몇 년 동안 한 번도 없었던 일이다.

있다고 해봐야 외박을 나간 대정생도가 주위의 사사로운 은원 관계나 시비에 휘말린 다툼 정도가 전부였다.

그렇더라도 결과는 대정생도와 싸운 상대의 패배로 끝나기 일쑤였다. 대정생도들이 밖에 나가서 두들겨 맞고 다닐 정도의 형편없는 실력이 아니기 때문이다.

대정생도와의 다툼으로 부상을 입거나 피해를 입은 사람들 때문에 문제로 불거지는 경우는 없다.

상대가 대정숙이기 때문이다. 제정신을 갖고 있는 사람이라면 대정숙에 항변하는 어리석은 짓 따위는 하지 않는다.

마도는 표면적으로 활동을 개시하기 전에는 절대로 대정숙을 집적거리지 않는다.

그래 봐야 풀을 건드려서 뱀을 놀라게 하는 타초경사(打草驚蛇)의 우를 범할 뿐이기 때문이다.

그런데 기개세는 은원 관계 때문에 결투를 한 것도 아니고 시비에 휘말린 것도 아니다.

정체 모를 두 명의 괴한에게 불의의 습격을 받아서 중상을 입었다.

　더구나 기개세를 제외한 능소지 여섯 명의 합공을 받으면
서도 두 명의 괴한은 유유히 사라져 버렸다.

　"음… 그러니까 괴한에 대해서는 전혀 모른단 말이오?"

　기개세를 둘러싸고 있는 능소지 친구들에게서 당시의 상
황에 대해서 자세히 듣고 난 정경총령(正經總領)은 기개세를
보면서 확인하듯 물었다.

　침상에 누워 있다가 정경총령의 방문 때문에 일어나 앉아
있던 기개세는 진중한 얼굴로 대답했다.

　"한 번도 본 적이 없는 자들이었습니다."

　정경고수는 대정숙 안팎의 모든 경계와 질서, 치안을 담당
하고 있다.

　그런데 정경고수의 두 번째 지위인 정경총령이 직접 기개
세를 찾아왔다는 사실은 의원의 보고를 접한 대정숙이 이 사
건을 예사롭게 보지 않는다는 뜻이었다.

　정경총령은 엄숙한 표정으로 기개세와 능소지 친구들을
둘러보며 입을 열었다.

　"본 숙은 이제부터 이 사건에 대해서 조사에 착수할 것이
오. 그전에 마지막으로 도움이 될 만한 단서가 더 없소?"

　모두들 침묵을 지켰다.

　그러나 정경총령은 침상 가에 서 있는 손진이 깊은 생각에
잠겨 있는 것을 놓치지 않았다.

　"손진 생도, 혹시 생각나는 것이 있소?"

　총령 정도의 고위급 인물이 맨 하급인 계생도의 이름까지 알고 있는 것은 이상한 일이 아니다.

　손진은 생각하는 얼굴로 공손히 대답했다.

　"괴한 중 한 명의 얼굴 오른쪽 뺨에 엄지손톱 크기의 붉은 반점이 있었던 것 같아요."

　그렇게 말한 그녀는 능소지 친구들을 둘러보았으나 아무도 동조하지 않자 낯빛을 흐렸다.

　"제가 잘못 봤을 수도 있어요."

　하지만 정경총령은 조금 전보다 약간 밝은 기색을 떠올렸다.

　"손진 생도가 잘못 봤다고 해도 일단은 유일한 단서요. 그것을 실마리로 조사에 착수하겠소."

　정경총령은 정중히 고개를 숙인 후 의실을 나갔다.

　실내에 남은 기개세와 진운상, 손진, 유석, 유정, 부옥령은 꼼짝도 하지 않고 침묵을 지켰다.

　부옥령을 제외한 네 사람은 기개세에게 물을 것이 많지만 아무도 입을 열지 않았다.

　이곳이 습격 사건에 대한 대화를 나누기에는 적당하지 않은 장소이기 때문이다.

　그리고 네 사람은 기개세와 단둘이 있을 때 은밀히 얘기를 나누고 싶은 마음이었다.

　그러나 부옥령만은 기개세에게 묻고 싶은 것이나 궁금한

것이 하나도 없었다.

그는 그저 기개세 곁에만 있으면 된다는 생각뿐이었다.

그를 인정해 준 유일한 사람이니까.

기개세 일행은 계생전으로 돌아왔다.

그들을 맞이하려고 복도에 나와 있던 재당의 전봉여와 강화, 종화가 왼팔을 어깨까지 흰 천으로 칭칭 동여맨 채 들어서고 있는 기개세를 보고는 놀라서 외쳤다.

"어멋! 유 상공! 팔이 왜 그래요? 다쳤어요?"

"아아… 많이 다친 것 같군요. 대체 어쩌다가 그랬나요?"

그녀들의 울음 섞인 목소리가 복도를 울렸다.

"하하하! 전 이모! 강화, 종화 누나! 이까짓 것은 별것 아니야! 걱정 마!"

기개세는 손을 저으며 호탕하게 껄껄 웃었다.

그러면서 슬쩍 자신의 옆방인 소옥군의 방문을 쳐다보았다.

하지만 사람이 있는지 없는지 아무런 기척도 없이 조용하기만 했다.

그는 소옥군이 방 안에 있으면서도 내다보지 않는 것이라고 생각했다.

그는 의원이 최소한 닷새 동안 의방에 입실해 있어야 한다는 것을 부득부득 뿌리치고 돌아온 길이다.

그가 의방에 있지 않고 서둘러서 돌아온 가장 큰 이유가 한 시라도 빨리 소옥군을 만나기 위해서였다.

그는 잠시 소옥군 방을 쳐다보다가 재당으로 들어갔다. 지금은 시기가 좋지 않아서 조용해진 후에 따로 그녀를 만나야겠다고 생각했다.

기개세 뒤를 따라서 능소지 친구들이 재당에 들어섰다.

그들은 그곳에서 식사를 하면서 이런 저런 잡담을 나누다가 각자의 방으로 흩어졌다.

정오가 되면 거처를 임생전으로 옮겨야 하기 때문에 준비를 하기 위해서다.

기개세는 자신의 거처인 아래층으로 내려가려는 부옥령을 불렀다.

"옥령, 잠깐 나 좀 보자."

"네!"

힘없이 걸음을 옮기던 부옥령은 종달새가 지저귀는 듯 명랑하게 대답하고는 나비처럼 팔랑거리며 기개세를 뒤따랐다.

기개세의 방에 처음 들어와 본 부옥령은 신기한 듯 연신 실내를 두리번거렸다.

아니, 그는 대정숙에 삼 년 동안 있으면서 남의 방에 들어와 본 것이 처음이었다.

소옥군은 아까 서주동을 만난 이후부터 세 차례의 운공조식을 하고 깨어났다.

그녀는 깨어나는 것과 동시에 제일 먼저 전봉여와 강화, 종화의 외침을 들었고, 그다음에 기개세의 호탕한 웃음소리를 들었다.

그래서 그녀는 기개세가 다치지 않았으면서도 팔에 천을 칭칭 감고 와서 전봉여 등을 놀라게 만든 것이라고 생각했다.

기개세 같은 후안무치라면 충분히 그러고도 남음이 있다는 생각도 했다.

하지만 잠시 후에 기개세가 방문을 두드릴 것이라는 그녀의 예상은 빗나갔다.

기개세는 '옥령' 이라는 사람을 자신의 방으로 데리고 들어간 것이다.

소옥군은 '옥령' 이 지난번 승급 시험 때 탈락했던 상우서시 부옥령일 것이라고 생각했다.

부옥령이 어째서 기개세와 함께 있는지 잠깐 궁금했으나 곧 뇌리에서 지워 버리고 다시 네 번째 운공조식을 시작했다.

"옥령아, 너 방귀 때문에 승급 시험에서 떨어지는 거지?"

기개세는 창가의 탁자를 마주하고 앉은 부옥령에게 거두절미하고 물었다.

부옥령은 깜짝 놀라더니 얼굴을 노을처럼 붉히면서 고개를 푹 숙이고 대답을 하지 못했다.

기개세는 그의 부끄럼 따위에는 신경 쓰지 않았다. 부끄러움을 벗어던져야 그가 알을 깨고 나와 힘차게 날갯짓을 할 것이라고 판단했기 때문이다.

"승급 시험 때 너무 긴장해서 방귀가 나오려는 것을 참으려다가 동작이 어정쩡하게 돼버리는 거지?"

기개세가 틈을 주지 않고 캐묻자 부옥령은 그제야 기어드는 목소리로 겨우 대답했다.

"네……."

만약 그가 기개세를 절대적으로 신임하지 않았다면 절대로 시인하지 않았을 것이다.

기개세는 그럴 줄 알았다는 듯 고개를 끄덕이고 나서 넌지시 물었다.

"어젯밤에 어땠어?"

부옥령은 고개를 들더니 생기 넘치는 얼굴로 배시시 미소를 지었다.

"너무 좋았어요. 제 생애 최고의 날이었어요."

기개세는 빙그레 미소 지었다.

"어젯밤의 주제가 무엇이었지?"

"방귀요."

"거봐. 방귀 하나로 우리 친구들이 신나게 놀았잖아. 그러니 그것은 부끄러운 게 아냐."

그때 부옥령의 머리를 퍼뜩 스치는 것이 있었다.

"혹시… 유 상공께서는……."

"이름을 불러."

기개세가 점잖게 이르자 부옥령은 깜짝 놀랐다.

"어떻게 제가……."

"옥령, 네가 나보다 한 살 많잖아. 그러니까 친구가 된다고 해도 네가 손해야."

부옥령은 수줍은 표정을 지었다.

"저는 유 상공의 종이 된다고 해도 좋아요."

"밥통."

"네?"

"나는 너를 친구로 여기는데 너는 내 종이 된다는 말이냐?"

"……."

기개세는 쐐기를 박았다.

"나를 친구로 여기던가 아니면 이 방에서 당장 나가라."

"유… 상공……."

부옥령은 화들짝 놀라서 정말로 앉은 자리에서 반 자나 펄쩍 뛰어 올랐다.

"그래도!"

기개세가 짐짓 눈을 부릅뜨자 부옥령의 커다랗고 아름다

운 두 눈에 눈물이 가득 차올랐다.

겁을 먹어서가 아니라 감격해서였다. 그의 말은 가식이 아니다. 그는 기개세의 종이 된다고 해도 행복에 겨울 터인데 친구가 되자며 말을 놓으라고 하는 것이다.

“유… 형.”

“똑바로.”

부옥령이 더듬거리는 것마저도 기개세는 용납하지 않았다.

“유 형.”

“하하! 잘했어. 이제 조금 전에 말하려던 것 해봐.”

기개세는 싱그럽게 웃으며 고개를 끄덕였다.

부옥령의 흰 뺨으로 눈물이 주르르 흘렀다.

“어젯밤에… 흑흑흑!”

급기야 그는 얘기도 하기 전에 흐느끼기 시작했다. 한참 감격해 있는데다 더 감격스러운 얘기를 지금부터 할 것이기 때문이다.

“으흑흑! 방귀 시합… 그거… 나 때문… 이었지? 나더러… 용기 내라고…….”

그의 말은 알아듣기 어려웠으나 기개세는 빙그레 미소 지으며 고개를 끄덕였다.

“그래. 방귀 뀌는 거, 재미있던데?”

“까흐흐흑! 고… 고마워… 유 형…….”

슥—

기개세는 그의 손을 가만히 잡았다.

"옥령아, 내가 장담하는데, 이제부터 네가 승급 시험에서 아무렇지도 않게 방귀를 뿡뿡 뀌면서 나부파의 적하검법을 전개할 수만 있다면, 지금부터 열 달 후에는 대정숙의 최종 수료 시험을 앞두게 될 거야."

"정말 그럴까?"

부옥령은 눈물 콧물 범벅인 얼굴에 기대 어린 표정을 지으면서 기개세의 커다란 손을 자신의 희고 섬세해서 여인보다 더 고운 두 손으로 꼭 감싸 잡았다.

"방귀만 열심히 뀌어. 그럼 만사형통이야."

"아, 알았어!"

뽀옹! 뿡! 뿡!

기쁘고 흥분한 부옥령의 궁둥이 사이에서 방귀가 마구 쏟아져 나왔다.

"군아."

기개세는 소옥군의 방문 앞에서 조용한 목소리로 불렀다.

그는 소옥군이 쉽사리 만나주지 않을 것이라고 생각했다.

그러나 예상을 깨고 잠시 후에 소옥군이 문을 열었다.

"군아……."

기개세는 열린 방문 안쪽에 서 있는 소옥군을 보는 순간 말문이 콱 막혔다.

　그녀를 이틀 남짓 못 보는 동안에 그는 내색을 하지 않았지만 눈에서 진물이 날 정도로 그녀가 보고 싶었다.

　겉으로는 웃고 떠들면서도 그리움 때문에 속은 엉망진창으로 짓물렀다.

　그러면서 그는 자신이 얼마나 소옥군을 좋아하는지를 절실하게 깨달았다.

　그런데 이틀 만에 본 소옥군은 몰라볼 정도로 수척한 모습이 아닌가.

　그래서 기개세는 반가움에 앞서 심장을 주먹으로 힘껏 움켜쥔 듯한 억눌림을 느꼈다. 그녀 역시 괴로웠다는 사실을 알게 되었기 때문이다.

　소옥군은 일부러 냉정한 표정을 지으려고 애쓰다가 잘 되지 않자 그대로 내버려 두었다.

　그러자 착잡하면서도 애틋한 표정이 되었다.

　기개세는 소옥군의 머리에 꽂혀 있는 비녀를 보았다. 그것은 그녀를 처음 만났을 때 그가 정표라는 의미를 담아서 머리에 직접 꽂아준 것이다.

　그녀가 비녀를 꽂고 있다는 것은 아직 기개세를 등지지 않았다는 뜻이다.

　그래서 기개세는 마음이 짠해져서 진심에서 우러나오는 용서를 빌었다.

“군아, 내가 잘못했다.”

소옥군은 기개세의 얼굴에서 진심을 읽었다.

사람이란 누구나 잘못을 할 수 있으므로 만약 잘못만을 따지고 용서가 따르지 않는다면 인간관계가 제대로 이루어질 리가 없을 것이다.

중요한 것은 잘못을 인정하느냐 아니냐는 것이다. 그래서 같은 잘못을 되풀이하지 말아야 하는 것이다.

“한 가지만 묻겠어요.”

그래서 기회를 주기로 했다. 기개세에게도, 그녀 자신에게도.

사실 기개세를 떠난다는 것은 그녀에겐 형벌과 같은 것이기 때문이다.

소옥군의 시선이 흰 천을 감고 있는 기개세의 왼팔에 고정되었다.

“그 팔, 정말로 다친 것이라면 우리 다시 한 번 시작해 보기로 해요.”

기개세의 얼굴이 환하게 밝아졌다.

“저, 정말이야?”

“하지만 다치지 않았으면서도 날 속이기 위한 목적으로 거짓 다친 척하는 것이라면 이후 두 번 다시 당신을 보고 싶지 않아요.”

기개세는 움찔했다.

“널 속이기 위해서 거짓 다친 척이라니?”

그는 설마 자신이 생각하고 있는 대답이 소옥군의 입에서 나오지 않기를 빌었다.

소옥군은 나직한 한숨과 함께 사근사근한 목소리로 말했다.

“다친 척해서 그것을 기회로 저하고 다시 이어지려는 계획이 아니냐는 것이죠.”

기개세는 발밑이 소리없이 푹 꺼지는 것을 느꼈다. 그가 생각하고 있는 대답이었다.

더구나 소옥군의 얼굴에 ‘나는 당신이 거짓으로 다친 척하고 있다는 사실을 꿰뚫어 보고 있어요’ 라는 표정이 떠올라 있는 것을 발견하고는, 기개세는 더 이상 그녀 앞에 서 있을 자신이 없었다.

기개세는 말없이 물끄러미 소옥군을 바라보았다.

‘이건 아니다, 이건 아냐. 내가 군아에게 이 정도로 형편없는 놈이었다니……’

그런 목소리가 속에서 아우성쳤다.

기개세는 말없이 몸을 돌려 자신의 방으로 향했다.

소옥군은 가볍게 놀라 방문 밖으로 나와서 그를 바라보았다.

탁.

그러나 기개세는 그대로 자신의 방에 들어가 버렸다.

소옥군은 기개세의 닫힌 방문을 잠시 바라보다가 자신의 방으로 들어왔다.

그녀는 자신의 짐작이 맞았다고 생각했다. 기개세는 거짓으로 다친 척한 것이다. 그래서 아무 말도 못하고 방으로 들어가 버린 것이다.

마지막 기회를 주려고 했는데 그것이 물거품이 돼버렸다.

방 안으로 걸어가는 그녀의 망막에 돌아서기 직전 자신을 바라보던 기개세의 쓸쓸한 것 같기도, 안타깝기도 한 듯한 눈빛이 아른거렸다.

기개세와 능소지 친구들에게 네 가지 일이 생겼다.

첫째, 부옥령을 제외한 모두가 거처를 임생전으로 옮겼다.

둘째, 파벌 능소지의 활동이 최종적으로 허락되었으며, 한 채의 전각이 할당되었다.

그 전각의 이름을 능소당(凌霄堂)이라고 하는 데 아무도 이의가 없었다.

셋째, 소옥군이 능소지를 탈퇴하고 오청반의 하나인 오대군림(五大君臨)에 가입했다.

넷째, 능소지의 정식 요청으로 계생전의 재당주인 전봉여와 찬모인 강화, 종화가 능소당 주방으로 옮겼다.

능소당은 제법 넓은 인공 호수 한가운데에 있으며, 그곳으로 통하는 길은 하나의 구불구불하고 긴 나무다리뿐이다.

능소당은 이층으로 되어 있으며, 아래층에는 다섯 개의 연공실과 다섯 개의 수련실 등이 있다.

이층은 재당과 편좌방(便坐房:휴게실), 열 개의 방이 있는데, 그 방들은 임생전 거처의 방과 다를 바 없을 정도로 모든 것들이 갖추어져 있다.

기개세를 비롯한 능소지 친구들은 거의 매일 능소당에서 생활했다.

반드시 거처에서 잠을 자야 한다는 규정이 없기 때문에 먹고, 자고, 무공 연마와 학습 등 모든 일을 능소당에서 함께 처리했다.

특별한 일이 없는 한 계생전의 붙박이 신세였던 전봉여와 강화, 종화는 기개세 등과 헤어지게 되는 것이 몹시 서운해서 눈물을 훌쩍거렸다.

예전에는 생도와 헤어지는 것이 섭섭하다면서 울었던 경우가 한 번도 없었다. 그만큼 세 여자는 기개세와 정이 흠뻑 든 것이다.

그런데 기개세가 자신들을 따라가지 않겠느냐고 은근슬쩍 묻기에 두 번 생각할 것도 없이 그럴 수만 있다면 지옥이라도 따라가겠다고 입을 모아서 대답했다.

그랬더니 다음날 그녀들의 근무처가 계생전에서 능소당으로 바뀌었다는 통보가 날아왔다.

세 여자는 능소당으로 옮긴 것이 무슨 대단한 은혜라도 받은 듯 하루 종일 얼굴에서 웃음을 감추지 못하고 콧노래를 흥얼거리면서 주방 일을 했다.

그녀들을 능소당으로 데려가자고 제일 먼저 제의한 사람이 기개세라는 사실은 두말할 필요도 없다.

그것은 비록 대수롭지 않은 일이라고 치부할 수 있지만, 그 일로 인해서 능소지의 친구들은 한 가지 사실을 깨닫게 되었다.

기개세는 아무리 작은 인연이라도, 그리고 하찮은 사람이라도 결코 소홀히 여기지 않는다는 사실이다.

누구보다 제일 좋아하는 사람은 부옥령이었다. 지옥 같은 계생전 일층에서 머물지 않아도 되고, 하루 종일 친구들과 함께 생활할 수 있게 되었으니 그야말로 인생 최고의 시기가 도래한 것이다.

모두들 소옥군에 대해서는 약속이나 한 듯이 한마디도 하지 않았다.

그녀가 능소지를 떠나 다른 파벌인 오대군림에 가입한 일을 대수롭지 않게 여겼다면 다들 그녀에 대해서 스스럼없이 말했을 것이다.

그녀에 대해서 함구한다는 것은, 아직 그녀를 마음속에서 털어내지 못했다는 증거다.

소옥군에 대해서 모르는 부옥령을 제외한 능소지의 친구들은 한 사람, 기개세를 걱정하고 있었다.

그가 엄벙덤벙하면서 소옥군을 치근거리면서도 속으로는 그녀를 몹시 좋아했다는 사실을 잘 알고 있기 때문이다.

하지만 그런 친구들의 걱정을 아는지 모르는지 기개세는 매사에 열정적이며 즐겁게 일관했다.

다친 왼팔에 천을 칭칭 감고서도 학습과 무공 연마에 몰두했으며, 밤이면 어김없이 능소지 친구들을 죄다 불러놓고 술판을 벌였다.

第五十章
암살자 만삼고수(卍三高手)

기개세 일행이 능소단으로 옮겨간 지 사흘째 되는 날은, 소옥군 역시 오대군림에 가입한 지 사흘째 되는 날이다.

그녀는 무공서(武功書) 하나를 찾으러 무도임관으로 가는 길에 어딘가를 바삐 가고 있는 정경총령을 우연히 만났다.

그녀가 걸음을 멈추고 정경총령에게 공읍을 취하자 그는 마주 포권을 하곤 말을 걸어왔다.

"소옥군 생도, 잠시 시간이 있소?"

"무슨 하교하실 일이라도……."

원래 중후한 용모의 정경총령이 더욱 진지한 표정을 지었다.

"소옥군 생도는 유영 생도와 친하지 않소?"

'유영'이라는 말에 소옥군의 얼굴이 가볍게 굳어졌다.

"지금은 친하지 않아요."

그녀의 목소리가 냉정해졌다.

기개세와 헤어지고 나면 다소 어려움이 있을지언정 차차 잊을 수 있을 것이라고 예상했다.

그런데 계생전을 나온 첫날에 거처를 임생전으로 옮기고, 오대군림에 가입을 하는 등 바쁜 하루를 보내고 나서 밤에 잠자리에 누웠을 때, 그녀는 예기치 않았던 일에 직면하여 적잖이 당황해야만 했다.

걷잡을 수 없는 외로움과 주체할 수 없는 그리움이 봇물이 터지듯 그녀의 온 정신을 엄습한 것이다.

그것은 낙성검가를 나와서 낙양성의 객잔에 묵었을 때에는 느끼지 못했던 감정이다.

아마도 이제는 완전히 기개세와 헤어졌다는 사실이, 그리고 더 이상 그를 만날 일이 없다는 현실 때문에 잠재되어 있던, 아니, 일부러 억누르고 있던 감정이 한꺼번에 터져 나온 것 같았다.

그날 소옥군은 거의 잠을 자지 못했고, 다음날과 그 다음날은 아예 밤을 하얗게 지새우고 말았다.

기개세를 잊으려는 그녀의 물리적인 행동은 오히려 역효과를 불러일으킨 것이다.

그런데 지금 정경총령 입에서 난데없이 기개세에 대한 말이 튀어나오자 그녀는 잠 못 이루었던 사흘 밤에 대한 항변이라도 하듯, '지금은 기개세와 친하지 않다' 고 냉정하게 잘라서 말했다.

"그렇더라도 예전에는 친했었지요? 내가 필요한 것은 소옥군 생도와 유영 생도의 과거의 친밀함이오."

정경총령은 진지함과 정중함을 잃지 않으며 고집스럽게 캐물었다.

소옥군은 대답을 하지 않음으로써 그의 물음을 인정했다.

그때 정경총령의 입에서 놀라운 내용이 흘러나왔다.

"유영 생도 습격 사건이 벽에 부딪쳤소. 그래서 지금으로선 지푸라기라도 잡아야 하는 상황이오."

"……!"

소옥군의 눈이 커졌다. 커다란 눈 속에서 까만 동공이 반짝이면서 마구 흔들렸다.

"대정생도가 거리에서 습격을 당해 중상을 입었다는 것은 중대한 사건이오. 정경장로님과 총장님께서는 이번 사건에 지대한 관심을 갖고 계시오."

정경총령이 하는 말은 소옥군 귀에 들리지 않았다. 그저 멀리서 바람이 갈대를 스치는 듯한 소리처럼 아련하게만 여겨졌다.

그녀의 귓가에, 그리고 머릿속에는 정경총령이 처음 했던

‘유영 생도 습격 사건’ 이라는 말만 소용돌이치듯 웅웅대면서 거세게 맴돌았다.

기개세가 정경총령까지 구워삶아서 소옥군에게 수작을 부리게 할 리는 없다.

기개세는 정경총령이 아니라 정경고수 한 명조차도 매수할 수 없을 터이다.

‘그게 사실이었어.’

갑자기 어지러웠다. 하늘이 빙글빙글 돌고 땅이 흔들렸다.

사흘 전, 그녀가 기개세에게 ‘다친 것이 사실이냐?’고 물었을 때 그가 지어 보였던 쓸쓸하고도 안타까운 눈빛이 햇빛보다 더 밝고 강렬하게 그녀의 눈앞에서, 그리고 머릿속에서 번쩍거렸다.

‘나는 도대체 무슨 짓을…….’

기개세에게 마지막 기회를, 아니, 소옥군 자신에게 주려고 했던 마지막 기회를 그녀 스스로 주었다가 다시 빼앗아 버린 것이다.

그녀가 충격과 자책, 자괴감에 휩싸여 있는 동안 정경총령은 뭐라고 혼자서 말을 하고 있었으나 여전히 그녀의 귀에 들어오지 않았다.

“소옥군 생도.”

잠시가 지나서야 정경총령은 소옥군의 표정이 이상한 것을 간파하고 나직이 그녀를 불렀다.

소옥군은 착잡한 얼굴로 말없이 그를 바라보기만 했다.

정경총령은 그녀가 자신의 말을 듣고 있지 않았다는 사실을 그제야 깨닫고 씁쓸한 표정을 지었다.

"어쨌든 유영 생도를 습격했다는, 뺨에 붉은 반점이 있는 자를 반드시 찾아내고 말겠소."

그는 말을 마치고 가볍게 목례를 한 후 가던 길을 걸어가기 시작했다.

'붉은 반점……'

소옥군의 귓전에 방금 정경총령의 말 한마디가 맴돌았다.

"그가 흑의 경장을 입지 않았었나요?"

그녀는 저만치 걸어가고 있는 정경총령의 등에 대고 갈라지는 듯한 목소리로 물었다.

정경총령은 뒤돌아보면서 대답했다.

"습격자 말이오? 그렇소."

"흑의 경장을 입고 왼쪽 뺨에 손톱 크기의 붉은 반점이 있는 삼십대 중반의 남자인가요?"

"그렇소. 그를 알고 있소?"

습격자의 연령대에 대해서는 모르고 있는 정경총령은 반색을 하고 즉시 소옥군에게 다가왔다.

소옥군은 기억을 더듬으며 대답했다.

"제가 알고 있는 그는 뾰족한 턱에 광대뼈가 튀어나오고 강파른 인상이었어요. 또한 무심하기 짝이 없는 기도였어요.”

“그자를 어디에서 본 것이오?”

소옥군은 나흘 전 밤 모친 소효령이 넋을 잃고 창밖을 내다
보고 있던 날에 객방 입구에서 마주쳤던 두 명의 사내를 기억
해 냈다.

“혹시 습격자가 두 명이 아니었나요?”

정경총령은 소옥군이 말하고 있는 자들이 습격자가 맞을
것이라 거의 확신하고 있었다.

“그렇소. 두 명이었소.”

소옥군은 습격자를 잡는 것이 기개세를 오해했던 일에 대
한 작은 보상이라도 되기를 희망했다.

“나흘 전에 그자들이 어디에 묵고 있었는지 알아요.”

*   *   *

“놈들은 절대 낙양성을 빠져나가지 못했습니다.”

나궁조는 확신하듯이 나직이 힘주어 말했다.

도기운은 고개를 끄덕였다.

“우리가 그처럼 철통같이 지키고 있으니 빠져나간다는 것
은 불가능할 게야.”

“놈들은 아직 낙양성 내에 있는 것이 확실합니다. 이제부
터는 가가호호 한 채씩 뒤져야겠습니다.”

"낙양성은 집이 오만 채가 넘는 대도일세. 결코 쉬운 일이 아닐세."

"그렇다고 이대로 손을 놓고 있을 수는 없지 않겠습니까?"

거기에서 대화가 잠시 중단되고, 도기운과 나궁조는 심각한 표정으로 골똘히 생각에 잠겼다.

천검사신위의 다른 두 명인 담무혁과 우지화는 지금 이 시간에도 천검사호문의 수하들을 이끌고 낙양성 내를 탐문 수색하고 있는 중이었다.

나궁조의 말처럼 낙양성 내 오만 채의 집을 하나씩 수색하는 것은 지나치게 무리한 일이었다.

하지만 습격자들이 낙양성 내에 있다고 확신하고 있는 지금으로선 그 방법밖에는 없다. 무리든 불가능이든 해야만 하는 것이다.

"하세."

한참 만에 도기운이 침묵을 깨고 말문을 열었다.

"그러나 오래 걸리면 안 되네. 단시일 내에 결과를 얻어내야만 하네."

힘을 얻은 나궁조는 고개를 힘있게 끄덕였다.

"본 문의 수하 오백 명과 다른 삼 문(三門)의 수하 이백오십 명까지 동원하면 늦어도 사흘 안에 끝낼 수 있을 것입니다."

"사흘은 너무 기네. 하루에 끝내세."

"칠백오십 명으로 오만 채 집을 하루 만에 수색하는 것은 불가능합니다."

"슥—

도기운이 일어섰다.

"내가 소림사 장문인에게 전서구를 띄우겠네."

나궁조는 반색을 하며 따라 일어섰다.

"그런 방법이 있었군요. 숭산에서 낙양성까지는 불과 한 시진 거리이니까 소림승들이 가세를 해주면 하루 만에 수색을 끝낼 수 있을 것입니다."

말을 하고 나서 나궁조는 언뜻 긴장된 표정을 지었다.

"소림사를 동원하려면 태문주께서 출현하신 것을 알려야 하지 않습니까?"

"그래야겠지. 단, 비밀을 철저히 지키라고 당부하겠네."

"태문주가 누구신지도 알릴 생각이십니까?"

"구태여 그럴 필요까진 없네."

"알았습니다. 저는 즉시 준비를 하겠습니다."

나궁조는 말과 함께 서둘러 밖으로 나갔다.

*　　　*　　　*

두 명의 흑의경장인은 옷을 황의로 갈아입었으며 장사치 같은 행색을 꾸몄다.

하지만 그들은 자신들이 묵고 있던 객잔 객방에서 한 발자국도 밖으로 나가지 못했다.

　객잔 밖 거리에 열 걸음마다 천검사호문의 고수들이 깔려서 지나가는 사람들을 일일이 검문하고 있기 때문이다.

　천검사호문 고수들은 밤에도 철수하지 않고 거리 곳곳을 지키고 있었다.

　밤이 캄캄하다고 해서 도주하기가 낮보다 유리한 점은 하나도 없다.

　밤이라서 오가는 사람이 없는데다 고수들에겐 칠흑 같은 밤도 대낮처럼 훤하게 보여서 오히려 낮보다 운신하기가 불편하기 때문이다.

　이들은 기개세를 습격한 직후에 도주하려고 했었다. 그러나 그 즉시 천검사호문 고수들이 낙양성 거리와 성 외곽을 철통처럼 지키는 바람에 자신들이 묵던 객잔으로 다시 숨어들 수밖에 없었다.

　그러나 그보다 더 황당한 일은 이들이 객잔으로 돌아온 직후에 일어났다.

　두 명 중에서 사십대 인물이 갑자기 쓰러져서 혼절하더니 그때부터 꼼짝을 하지 못한 것이다.

　둘 중 나이가 어린 삼십대 인물이 윗사람이고 사십대 인물은 수하다.

　이들은 대정생도이며 낙성검가의 차남인 유영을 죽이라는 명령을 받고 단 두 명이 낙양성에 왔었다.

이들에게 명령을 한 인물도, 그리고 이들도 자신들 두 명의
실력이면 유영을 능히 죽일 수 있을 것으로 확신했다.

그런데 실패했다. 아무런 위협이 되지 못할 것으로 예상했
던 유영 주위에 있던 젊은 대정생도들 때문이었다.

그중에서도 여자보다 더 아름답게 생긴 놈만 아니었으면
유영의 심장에 검을 꽂을 수 있었을 것이다.

그 계집 같은 놈 때문에 살행이 실패를 한 것이다.

찢어 죽여도 시원치 않을 그 계집 같은 놈은 희한하게도 공
격을 하면서 방귀를 뿡뿡 뀌어댔다.

"죽일 놈."

삼십대 인물은 입술을 비틀면서 씹어뱉듯이 중얼거렸다.

그가 속한 집단에서 그는 만삼고수(卍三高手)로 불리고, 그
의 휘하에는 다섯 명의 만이고수(卍二高手)와 백 명의 만일고
수(卍一高手)가 있다.

또한 그는 동서남북 네 개의 대(隊) 중에서 북만삼대(北卍三
隊)의 대주라는 지위를 갖고 있다.

그리고 혼절한 수하는 그의 휘하에 있는 다섯 명의 만이고
수 중에서 최고의 실력을 지녔다. 그래서 이번 임무에 그를
데리고 온 것이다.

누군가를 암살하는 임무의 최우선 필요조건은 소수 정예
를 구성하는 것이다.

그런 점에서 만삼고수, 아니, 북만삼대주 자신과 혼절해 있

는 수하 만이고수의 선발은 최고 수준이었다.

침상 가에 무표정한 얼굴로 앉아 있는 북만삼대주는 침상에 혼절한 채 누워 있는 수하 만이고수에게 손을 뻗어 손목의 맥을 짚어보았다.

여전히 만이고수의 몸은 얼음장처럼 차가웠고 맥은 한 시진 전에 짚었을 때보다 더 흐려졌다.

지금 상태라면 만이고수는 오늘 밤을 넘기지 못할 듯했다.

하지만 북만삼대주는 수하가 무엇 때문에 혼절했는지조차 모르고 있다.

온몸이 얼음처럼 차고 내장과 장기마저 얼어서 기능을 잃어가고 있는 것으로 미루어 극음지기에 당했을 것이라는 추측만 할 뿐이었다.

기개세가 자신의 정수리를 쪼개려는 검을 옥수로 박살을 낼 때 극빙지기가 만이고수의 손을 통해서 체내에 침입했다는 사실을 북만삼대주로서는 알 리가 없었다.

이런 상태의 수하를 데리고 낙양성을 빠져나간다는 것은 불가능한 일이다.

그는 어차피 돌아가지 못할 바에는 자신 혼자서 대정숙에 잠입하여 유영을 암살할까 하고 몇 번이나 생각했다가는 그때마다 고개를 가로저었다.

그는 대정숙이 어떤 곳인지 너무도 잘 알고 있다. 그러므로 그곳에 잠입하여 유영을 죽이는 것은 하늘의 별을 따는 것만큼 불가능한 일이다.

그렇다고 이대로 죽어가는 수하를 쳐다보고 있을 수만은 없는 노릇이었다.

결국 그는 자신의 손으로 수하를 죽이고 흔적을 없앤 후에 어두워지기 전에 혼자서 도주해야겠다는 계획을 세웠다.

문득 그는 몸을 일으켜 창가로 걸어가 창을 살짝 열고 눈만 내민 채 거리를 내다보았다.

아직도 천검사호문 고수들이 거리를 지키고 있는지 확인하려는 것이다. 그러면서도 당연히 그들이 있을 것이라고 생각했다.

그런데 거리를 굽어보던 북만삼대주의 눈이 약간 커졌다.

당연히 지키고 있어야 할 천검사호문 고수들의 모습이 보이지 않는 것이다.

그는 위치를 바꾸어 거리의 반대쪽을 쳐다보았으나 그곳에도 천검사호문 고수들은 없었다.

그러나 그는 안도감보다는 오히려 지독한 불길함이 엄습하는 것을 느꼈다.

거리를 열 걸음 간격으로 지키고 있어야 마땅한 천검사호문 고수들이 보이지 않는다는 것은 그들이 또 다른 계획을 획책하고 있다는 뜻일 수도 있기 때문이다.

그는 즉시 창을 닫고 방 한가운데로 물러나 공력을 끌어올려 청각을 극도로 돋우었다.

사사사.

내공이 칠십 년을 상회하는 그의 귀에 나뭇잎끼리 서로 부 딪치는 듯한 소리가 감지되었다.

순간 그는 최소한 열 명 이상의 고수들이 지붕 위에서 빠르 게 접근하고 있다는 사실을 간파했다.

'발각됐다.'

어떻게 발각됐는지는 모르지만 자신들이 이곳에 있는 사 실을 적들이 정확하게 알고 있음을 깨달았다.

눈 한 번 깜빡일 짧은 순간에 그는 생각을 하고 결정을 내 렸다.

침상에 누워 있는 수하 만삼고수를 슬쩍 쳐다보았다. 자신 들의 흔적을 완벽하게 없애려면 그를 죽이고 떠나야 하는데, 지금은 그럴 겨를조차도 없다.

척!

그는 곧장 방문을 열고 밖으로 나갔다.

이층은 객잔이고 아래층은 주루인데, 방문 밖 낭하에는 아 무도 보이지 않았다.

그는 미끄러지듯이 빠르게 계단으로 향했다.

그가 계단을 막 내려가기 시작할 때 아래쪽에서 다섯 명의 고수가 나는 듯이 마주 달려 올라왔다.

그는 허리를 구부정하게 굽히고 마치 장사꾼 같은 걸음걸이로 어기적거리면서 계단을 내려갔다.

달려 올라오는 다섯 명의 고수 선두의 인물이 손을 휘저으며 그에게 옆으로 비키라는 손짓을 보냈다.

북만삼대주는 어리둥절한 표정을 지으면서 주춤거리며 옆으로 비켜섰다.

휘익! 휙!

다섯 명의 고수가 스쳐 지나면서 그의 머리부터 발까지 순식간에 훑어보았다.

그는 방금 전보다 더욱 당황하고 잔뜩 겁먹은 표정과 동작을 해 보이며 몸을 움츠렸다.

영락없는 장사꾼의 모습이며 행동이다.

그가 주루 입구의 주렴을 제치려고 하는 순간 이층에서 커다란 소리가 터져 나왔다.

우지끈!

객방 문을 부수고, 또 천장을 부수는 소리일 것이다.

하지만 북만삼대주는 뒤돌아보지 않고 여전히 뒤뚱거리는 걸음으로 거리로 나왔다.

거리에는 행인들이 여느 때와 다름없이 오가고 있었으며, 그는 곧 행인 속에 파묻혀 한쪽 방향으로 어기적거리면서 걸어갔다.

그러나 주루가 점차 멀어질수록 그의 걸음걸이가 빨라졌으며 자세도 똑바로 안정되었다.

객방의 방문과 천장, 창을 부수고 실내로 들이닥친 십오 명
의 대정숙 정경고수는 침상에 혼절해 있는 만삼고수 한 명만
을 발견할 수 있었다.

정경고수들은 황의를 입은 채 시체처럼 누워 있는 사내의
왼쪽 뺨에 엄지손톱 크기의 붉은 반점이 있는 것과 턱이 뾰족
하고 강파른 인상인 것을 확인했다.

그들은 얼음덩이가 돼버린 만삼고수를 커다란 보자기에
싸서 둘러메고는 대정숙으로 향했다.

하지만 그들은 주루 앞에서 뜻하지 않은 난관에 부닥쳤
다.

담무혁과 우지화가 그들을 막아선 것이다.

원래 대정숙 정경고수들은 주루를 급습하기 전에 거리를
검문하고 있던 천검사호문 고수들에게 잠시 자리를 피해줄
것을 요구했다.

천검사호문 고수들은 자리를 피해주고 나서 즉시 담무혁
과 우지화에게 연락을 취했고, 멀지 않은 곳에 있던 두 사람
이 바람처럼 달려온 것이다.

"그것은 사람이오?"

담무혁은 정경고수 한 명이 어깨에 메고 있는 보자기에 싼
묵직한 물체를 가리키며 정중하지만 위협적인 표정과 어조로
물었다.

  십오 명의 정경고수를 이끌고 있는 인물은 정경장령이었다.

  그는 한눈에 담무혁이 뇌룡문주라는 것과 우지화가 취봉문주라는 사실을 알아보았다.

  하지만 정중하면서도 조금도 굴하지 않는 태도로 대답했다.

  "우리는 대정숙의 정도고수입니다. 중요한 임무를 수행 중이니 담 대협께선 길을 열어주시기 바랍니다."

  일개 정도고수의 태도는 무림팔대세가의 두 문주 앞에서도 당당하다 못해서 건방지게까지 보였다.

  "사람이냐고 물었소!"

  그렇지만 담무혁이 누군가. 결코 쉽게 물러날 인물이 아니었다. 그는 약간 고압적으로 언성을 높였다.

  어느새 뇌룡문의 자랑인 뇌룡백도 삼십 명과 취봉문의 최정예인 취봉검수(翠鳳劍手) 이십 명, 도합 오십 명이 정경고수들을 겹겹이 포위하고 있다.

  더구나 이십 세 전후의 여자들로 구성된 취봉검수들은 취봉강궁(翠鳳强弓)을 정경고수들을 향해서 팽팽하게 활시위를 당긴 채 겨누고 있었다.

  우지화의 한마디 명령이 떨어지기만 하면 실패를 모른다는 취봉강궁이 발사되어 정경고수들을 고슴도치로 만들어놓을 판국이다.

그런데도 정경장령은 추호도 굴하지 않고 낭랑하게 말했다.

"우리는 정도고수입니다. 부디 길을 열어주십시오."

그의 당당한 태도는 대정숙 소속의 '정도고수'라는 한마디면 충분하다는 뜻이다.

무림팔대세가가 제아무리 쟁쟁하다고 해도 정파의 집대성인 대정숙의 위세 앞에서는 한 수 양보할 수밖에 없다.

담무혁과 우지화는 날카롭게 정경장령을 쏘아보다가 결국 좌우로 물러서며 길을 터주었다.

보자기에 싸인 것이 사람이고, 또 천검신문의 문주를 급습했던 자라면 무슨 일이 있어도 손에 넣어야만 한다.

하지만 목적은 암습자가 아니라 그자의 신분이 무엇이고 암살 이유가 무엇이냐는 것이다.

그것을 알아내는 방법이 꼭 암습자를 확보하는 것만은 아닐 터이다.

대정숙이 그자를 심문하여 몇 가지 사실을 알아낸다면, 추후 그것을 공유하기만 하면 되는 것이다.

지금 싸움이 벌어지면 그것은 평범한 싸움이 아니라 천검사호문과 대정숙 간의 싸움이 된다.

암습자에 대해서 알아내는 것이 중요하다고 해도 같은 정파끼리 싸우는 것은 좋지 않은 일이다.

천검신문 태문주의 출현을 밝히면 대정숙을 압도하는 것

쯤이야 어려운 일이 아니겠으나, 그것은 담무혁과 우지화가 독단으로 결정할 수 있는 일이 아니었다.

그렇기 때문에 일단 후퇴를 한 것이다.

왈칵!

"도 문주!"

도기운이 소림사 장문인에게 서찰을 써서 전통에 담아 전서구의 발목에 매달고 있을 때 나궁조가 방문을 부술 듯이 거칠게 열면서 뛰어들어 왔다.

"무슨 일인가?"

전서구를 쥐고 창 쪽으로 걸어가면서 도기운이 물었다.

"멈추십시오! 주군을 습격한 자를 대정숙에서 붙잡았다고 합니다!"

"그런가?"

도기운은 적이 안도하는 표정을 지으면서 전서구의 발목에서 서찰을 뽑아내 손안에 넣고 슬쩍 주먹을 쥐었다.

푸스스.

그러자 그의 주먹 안에서 흐릿한 연기가 새어 나왔다.

이어서 그가 손바닥을 펴자 소량의 재가 바닥으로 흩어져 떨어졌다.

백 년 내공이 있어야지만 가능하다는 삼매진화의 고명한 수법이었다.

"다행한 일이로군."

도기운의 중얼거림은 천검신문 태문주의 출현을 소림사에 알리지 않을 수 있어서 다행이고, 암살자를 붙잡아서 다행이라는 뜻이었다.

"대정숙을 방문해야겠군요."

"조금 기다려 보지."

나궁조의 말에 도기운은 팔짱을 끼면서 지그시 눈을 반개하며 조금 느긋한 목소리로 말했다.

도기운에게는 미치지 못하지만 경륜이라면 나궁조 또한 만만하지 않다.

"대정숙이 그자에 대해서 알아낸 후에 접촉을 하자는 말씀이로군요."

도기운은 고개를 끄덕였다.

"그렇기도 하지만 그보다 더 잘될 수도 있지 않을까 하는 생각이네."

"무엇을……."

"어쩌면 주군께서 활약을 해주실는지도 모르는 일이라는 게지."

"주군께서……."

중얼거리면서 생각하던 나궁조는 아! 하는 탄성을 흘렸다.

"대정숙 정경장로가 피해자인 주군을 불러 조사를 할 것이라는 예상입니까?"

"그렇다네."

역시 생강은 오래될수록 매운 법이다. 언제나 그랬던 것처럼 도기운의 생각은 다른 천검삼신위를 앞서고 있었다.

*　　　*　　　*

능소당에서 무공 연마를 하던 기개세는 정경총령의 부름을 받았다.

첫 외박에서 돌아온 지 사흘째 되는 날이고, 천검신문의 절학 중 하나인 천진음파(天震音波)를 익히기 시작한 지 이틀째 되는 날이다.

정경총령의 집무실인 정경관(正經館)에 도착한 기개세는 그곳에서 정경총령과 함께 정경장각(正經長閣)으로 향했다.

정경장각은 대정숙 오대장로 중 한 명인 정경장로의 거처이며 집무실이다.

일개 대정생도 습격 사건에 마침내 최고 우두머리인 정경장로까지 나선 것이다.

저벅저벅.

정경총령이 앞서고 기개세가 뒤따르면서 정경장각의 지하로 내려가는 발자국 소리가 간단없이 울렸다.

기개세는 정경장로의 집무실 지하로 안내되는 것을 조금

이상하게 생각했으나 두렵다거나 께름칙한 마음은 조금도 들지 않았다.

지금껏 대정생도 중에서 정경장로, 아니, 장로의 집무실 지하로 안내되었던 사람은 몇 명 되지 않는다.

지하는 꽤 깊었고 다 내려가자 제법 긴 복도 양쪽에 석실들이 줄지어 늘어서 있었다.

그그궁!

정경총령이 어느 석실 앞에 멈추고 한 손으로 석문을 짚은 채 지그시 힘을 주자 석문이 육중한 소리를 내면서 안쪽으로 밀려들어 갔다.

기개세는 그 광경을 보면서 최소한 일 갑자 이상의 공력이 있어야지만 석문을 밀 수 있을 것이라고 추측했다.

정경총령을 따라 석실로 들어간 기개세는 석실 중앙의 석대에 반듯한 자세로 눕혀져 있는 한 인물이 제일 먼저 시야에 들어왔다.

대정숙에 입숙하러 오는 길에 급습을 당했을 당시 습격자들의 얼굴을 자세히 보지는 못했으나 석대에 누워 있는 자를 보자 그자가 자신의 정수리를 검으로 내리긋던 인물 같다는 느낌이 들었다.

그자는 완전히 벌거벗은 몸으로 석대에 반듯한 자세로 죽은 듯이 누워 있었다.

하지만 기개세는 그자를 오래 보고 있을 수가 없었다. 석대

건너편에 뒷짐을 지고 서 있는 육십대 중반의 황포노인 때문
이다.

오래 생각해 보지 않아도 그가 정경장로일 것이라는 사실
을 짐작할 수 있었다.

아직도 왼팔에 흰 천을 감고 있는 기개세는 정경장로를 향
해 한 팔로만 정중히 공읍을 취했다.

"임생도 유영이 장로님을 뵈옵니다."

그가 아무리 천검신문의 태문주가 될 후계자라고 해도 지
금은 엄연한 대정생도이기에 장로에게 예를 취하는 것은 당
연한 일이었다.

정경장로는 석대의 사내에게서 시선을 거두고 기개세를
쳐다보았다.

"이자가 자네를 습격했나?"

"자세히 보지는 못했으나 이자가 맞는 것 같습니다."

그렇게 대답하면서 기개세는 자신의 옥수에 의해서 사내
의 검이 산산조각이 나는 과정에 극빙지기에 중독됐을 것이
라고 추측했다.

소효령의 전례가 있기 때문에 그렇게 추측하는 것은 무리
가 아니었다.

"이자가 누군지 아는가?"

정경장로는 나이에 비해서 무척 낭랑하지만 온화한 목소
리로 물었다.

"모릅니다."

"그렇다면 왜 자네를 공격했는지도 모르겠군."

"그렇습니다."

정경장로는 기개세의 대답의 진위를 판단하려는 듯 잠시 그를 응시했다.

기개세는 이 사내가 무슨 이유로 백주에 대로상에서 자신을 죽이려고 했는지 정말로 모르고 있기 때문에 얼굴에 거짓이 떠오를 리가 없었다.

정경장로는 제일 먼저 이 사내, 즉 만삼고수를 치료하려고 직접 손을 쓰기도 해봤으며 대정숙 내의 고명한 의원을 부르기도 했으나 체내에 주입되어 있는 극빙지기를 배출시키지 못했다.

두 번째로는 무림의 견식이 깊고 넓은 대정숙 내의 여러 고수를 불러와서 만삼고수를 보이고 그가 누군지 알아내려고 했으나 그 역시 실패했다. 아무도 그의 정체를 알지 못했던 것이다.

그래서 결국 세 번째 방법으로 피해자인 기개세를 부르게 된 것이다.

이번에도 소득이 없다면 이 사건은 미궁에 빠질 공산이 클 수밖에 없다.

그런데 기개세는 만삼고수가 누구며 그가 무엇 때문에 자신을 공격했는지 모른다고 대답하여 정경장로를 답답하게 만들었다.

대정생도를 대로상에서 공격하여 부상을 입힌 자를 잡아왔으나 아무것도 알아내지 못했으니 답답할 수밖에 없었다.

잠시 침묵이 흐르는 사이에 기개세는 만삼고수를 주시하며 생각했다.

'내 옥수에 당한 것이라면 내가 이자를 치료해서 심문할 수도 있겠는데…….'

극빙지기에 중독됐던 소효령을 살린 적이 있으니 이자를 살리는 것도 가능할 것이라는 생각이었다.

그렇지만 정경장로와 정경총령이 보는 앞에서 만삼고수를 치료하고 심문할 수는 없었다.

그렇게 되면 기개세의 옥수를 보여야만 하고, 만삼고수가 실토를 할 경우에 드러나서는 안 될 내용이 드러날 수도 있기 때문이다.

그때 정경장로가 기개세에게 고개를 끄덕여 보였다.

"자넨 그만 물러가게."

그는 기개세를 돌려보내 놓고서 다른 방법을 강구해 볼 생각인 듯했다.

정경총령이 돌아서 석문에 손을 댔다.

"장로님, 한 가지 제의를 해도 되겠습니까?"

기개세가 불쑥 뜬금없는 말을 하자 석문에 손을 댄 정경총령은 의아한 얼굴로 돌아봤고, 정경장로는 팔짱 낀 팔을 풀며 기개세를 쳐다보았다.

"방금 제의라고 했나?"

"그렇습니다."

새파란 대정생도가, 그것도 이제 겨우 맨 아래에서 두 번째인 임생도가 정경고수의 최고 우두머리인 정경장로에게 겁도 없이 제의를 하겠다는 것이다.

"해보게."

정경장로는 기개세가 조금 맹랑하다는 생각을 하며 다시 팔짱을 꼈다.

그러면서 그는 기개세가 만점으로 대정숙에 입교했다는 사실을 새삼스럽게 기억해 냈다.

"저에게 한 시진만 시간을 주십시오."

"한 시진 동안 무엇을 하려는 겐가?"

기개세는 만삼고수를 쳐다보았다.

"이자를 심문해 보겠습니다."

맹랑한 녀석이 이제는 어이없는 말을 하고 있다.

"시체나 다름이 없는 이자를 대체 어떻게 심문하겠다는 것인가?"

"한번 해보겠습니다."

정경총령은 기개세가 당돌하고도 건방지게 구는 것이 자신에게도 책임이 있는 것처럼 당황한 표정을 지었으나 말을 하거나 어떤 행동을 취하지는 않았다.

"그렇다면 해보게."

어차피 만삼고수를 해결할 마땅한 방법이 없는 정경장로
는 가볍게 고개를 끄덕였다.

그러자 기개세는 한술 더 떴다.

"저 혼자 있게 해주십시오."

오대장로는 대정숙에서 가장 수양심이 깊은 인물들이므로
이 정도로는 감정이 움직이지 않는다.

다만 약간의 흥미를 느끼는 정도다. 왜냐하면 장로 면전
에서 이런 식으로 나오는 대정생도는 그리 흔하지 않으므
로.

"자네 요구를 들어주면 어떤 결과를 보여줄 텐가?"

기개세의 대답은 막힘이 없다.

"운이 좋으면 저자의 입을 열게 할 수 있을 것 같습니다."

그렇게만 된다면 정경장로로로선 더 바랄 것이 없다. 또한 실
패하더라도 손해 볼 것 역시 없다.

"알았네. 한 시진의 말미를 주겠네."

정경장로는 흔쾌히 허락하고 정경총령과 함께 석실 밖으
로 나갔다.

그는 만약 기개세가 실패할 경우의 대가 같은 것에 대해서
는 일언반구도 언급하지 않았다.

대정숙은 교육의 전당이다. 지금 기개세의 행동은 맹랑하

기는 하지만 대단히 진취적인 도전 정신이다.

　또한 그는 장로를 상대로 굴하지 않는 당당함과 협상의 재주까지 보여주었다.

　그러므로 만약 기개세가 만삼고수의 심문에 실패하더라도 이것은 그에게 좋은 교육이 될 것이다.

第五十一章

천진음파(天震音波)

大夫
대사부

만삼고수와 단둘이 남게 된 기개세는 잠시 생각에 잠겼다
가 한 가지 결정을 했다.

'실토를 받아내려면 편법을 쓰는 것이 좋겠군.'

이어서 그는 서서히 공력을 끌어올려 오른손에 모으고 옥
수로 만들기 시작했다.

이즈음의 그는 오른손을 옥수로 만드는 데 세 호흡 정도의
시간이면 충분했다.

잠깐 사이에 오른손이 은은한 광채를 흩뿌리는 투명한 옥
수로 화했다.

지난번에 그가 소효령을 소생시킬 때에는 그녀의 온몸을

추궁과혈의 수법으로 주무르고 쓰다듬었었다.

물론 그는 그것이 추궁과혈 수법인지는 지금까지도 모르고 있다.

그런데 지금 그는 옥수를 만삼고수의 머리로 가져갔다. 머릿속의 극빙지기만 약간 흡입해서 그를 비몽사몽의 상태로 만들 생각이다.

그 방법이 성공한다면 앞으로 그가 옥수를 사용하는 데 있어서 새로운 작은 지평을 열게 될지도 모른다.

옥수를 이용하여 적의 체내의 마음먹은 일정 부위에 극빙지기를 주입시키기도 하고, 또 그런 방식의 흡입도 가능할 것 같다는 생각에서였다.

기개세는 옥수를 활짝 펼쳐서 만삼고수의 정수리에 대고 천궁신공을 운공했다.

일전에 소효령에게 한 번 해봤기 때문에 두 번째는 그리 어렵지 않았다.

일단 만삼고수의 머릿속에 어느 정도의 극빙지기가 있는지 세심하게 감지한 직후에 그것의 절반 정도만 흡입했다.

그리고는 옥수를 떼고 잠시 기다렸다.

실패라면 만삼고수는 깨어나지 않을 테고, 성공이면 혼미한 정신 상태로 깨어나게 될 것이다.

"으으……."

그런데 약 열을 셀 정도의 시간이 흐르자 만삼고수가 고통스럽고 미약한 신음을 흘리면서 힘겹게 눈을 떴다.

아니, 눈을 뜨려고 애썼으나 떠질 듯 떠질 듯하면서 끝내 떠지지 않았다.

"너는 누구냐?"

그때 기다리고 있던 기개세가 높낮이도, 감정도 없는 목소리로 나직하게 물었다.

그러자 만삼고수는 멍한 얼굴이 되더니 잠꼬대를 하듯 불분명한 어조로 중얼거렸다.

"길… 상만교(吉祥卍敎)의 북만삼대… 휘하… 만삼… 고수……."

성공이다. 그러나 '길상만교' 라는 이름을 처음 들어보는 기개세는 가볍게 눈살을 찌푸렸다.

"왜 나를 죽이려고 했느냐?"

"누… 누구……."

비몽사몽 상태인 만삼고수가 어찌 기개세를 알아보겠는가.

"무엇 때문에 낙성검가의 유영을 죽이려고 했느냐?"

실수를 깨달은 기개세는 즉시 질문을 바꾸었다.

"교주의 명령……."

"교주가 누구냐?"

"교주는… 교주……."

교주가 누구냐고 물으면, 교주가 교주라고 대답하겠지 대체 뭐라고 하겠는가.

기개세는 잠시 곰곰이 질문을 고르다가 예의 무감정한 목소리로 명령했다.

"길상만교에 대해서 알고 있는 대로 모두 말해라."

그긍!

한 시진이 되자 석문이 열리고 정경장로와 정경총령이 차례로 들어섰다.

두 사람은 약속이나 한 듯이 석대 위의 만삼고수를 쳐다보았으나 나가기 전의 모습과 별반 달라진 것이 없었다.

정경장로가 손을 뻗어 만삼고수의 맥을 짚어보았으나 그것 역시 한 시진 전하고 변함이 없다.

만삼고수에게서 더 이상 알아낼 것이 없다고 판단한 기개세가 흡입했던 극빙지기를 다시 주입시켜서 원래의 상태로 되돌려 놓았기 때문이다.

그러니 정경장로가 보기에 만삼고수가 변함이 없는 것은 당연했다.

정경장로는 뭔가 골똘한 생각에 잠겨 있는 기개세를 보면서 별로 기대하지 않는 듯한 표정으로 물었다.

"노부에게 말해줄 것이 있는가?"

기개세는 생각에서 깨어나 만삼고수를 보면서 조용한 목소리로 대답했다.

"저자는 길상만교의 만삼고수입니다. 그리고 저를 죽이려는 이유는 모른다고 합니다."

"길상만교?"

기개세의 입에서 전혀 생각지도 않았던 이름이 나오자 정경장로는 적잖이 놀라는 표정을 지었다.

"길상만교가 무엇 때문에 자네를……."

뜻밖의 이름을 듣고 황망한 마음에 그렇게 묻던 정경장로는 말을 흐렸다.

만삼고수가 기개세를 죽이려는 이유를 모른다고 했다는 말을 뒤늦게 떠올린 것이다.

그는 만삼고수를 가리키면서 적잖이 의구심 어린 표정으로 물었다.

"이자가 그렇게 말했다는 것인가?"

기개세가 지어낸 말이 아닐 것이라고 생각하면서도 지금의 상황으로는 그렇게 물을 수밖에 없었다.

기개세가 만삼고수를 깨어나게 해서 심문을 했다는 사실이 믿어지지 않기 때문이다.

"그렇습니다."

그랬다고 하니까 믿을 수밖에 없다. 하지만 기개세가 무슨 방법으로 만삼고수의 입을 열게 했는지가 궁금했다.

"어떤 방법으로 실토시켰는가?"

"사문의 비법을 사용했습니다."

“그게 무엇인가?”

“사문의 무공을 함부로 발설할 수 없음을 용서하십시오.”

기개세는 정중히 고개를 숙였다.

사문의 비법으로 만삼고수의 입을 열게 했다 하고, 그 비법을 발설할 수 없다는 것은 아무리 정경장로라고 해도 강제로 말하게 할 수 없는 노릇이었다.

기개세는 오른손을 옥수로 만들어 천궁신공을 운공하여 만삼고수를 실토시켰으므로 사문의 비법을 사용했다는 것이 거짓말은 아니었다.

정경장로는 지금까지와는 다른 시선으로 기개세를 뚫어지게 주시하며 물었다.

“자네 가문은 낙성검가가 아니던가?”

“낙성검가의 아들이지만 우연한 기회에 다른 스승님을 모시게 되었습니다.”

“그분이 누구신가?”

“독고성이라는 분이십니다.”

예전 같았으면 능수능란한 거짓말로 정경장로를 어르고 뺨칠 수 있었겠지만 지금의 기개세는 거짓말을 하는 것이 왠지 께름칙했다.

그렇다고 곧이곧대로 말할 수도 없는 상황이라서 기지를 발휘하고 있는 기개세였다.

“독고성이라……”

　정경장로와 정경총령은 고개를 갸웃거렸으나 '독고성'이라는 이름은 금시초문이다.

　삼백여 년 전의 천검신문 태문주였던 독고성은 절대검황(絶對劍皇)이라는 찬란한 별호로 불렸으며 이름 석 자도 널리 알려져서 모르는 사람이 없을 정도였다.

　물론 정경장로나 정경총령도 절대검황 독고성에 대해서는 너무도 잘 알고 있다.

　하지만 등하불명(燈下不明)이라고, 설마 기개세가 절대검황 독고성의 전인일 줄은 꿈에서조차 상상하지 못했다.

　정경장로는 기개세의 사문이 어디며 어떤 수법으로 만삼고수의 입을 열게 했는지 궁금해졌다.

　아무리 수양심이 깊은 그라고 해도 궁금증을 이겨내기란 쉬운 일이 아니다.

　하지만 현재 그의 위치와 입장으로선 궁금증을 해소할 방법이 달리 없었다.

　그 대신 그는 다른 것을 물었다.

　"저자가 그밖의 다른 말은 하지 않았나?"

　"했습니다."

　"뭐라고 말했나?"

　기개세는 다시 한 번 고개를 숙였다.

　"죄송합니다만 저에 대한 사사로운 내용이라서 말씀드릴 수가 없습니다."

“…….”

정경장로와 정경총령은 똑같이 어이없다는 표정을 지었다.

두 사람은 대정숙에서 각각 삼십오 년과 이십삼 년 동안 있었으나 이날까지 기개세처럼 당돌한 대정생도를 한 번도 본 적이 없었다.

“사사로운 내용이라…….”

정경장로가 중얼거리는데도 기개세는 못 들은 듯 담담한 표정으로 서 있기만 했다.

대정숙은 원래 생도들의 사생활을 철저할 정도로 보호해 주고 있다.

또한 생도들의 권리와 인격을 최대한 존중해 준다. 오죽하면 대정총장과 다섯 명의 장로를 비롯한 대정숙의 모든 정도 고수들이 대정생도에게 최대의 예의를 갖춰야 하는 것이 공식적으로 명문화되어 있겠는가.

그런 상황이므로 아무리 정경장로라고 해도 기개세를 억압할 수 없는 것이다.

잠시 생각하던 정경장로가 목소리를 가라앉혀 입을 열었다.

“대정생도를 습격한 사건은 대정숙으로서 볼 때 심각한 일이라서 소홀히 넘어갈 수는 없네. 자네가 계속 사사로운 일이라고 고집을 부린다면 노부는 이 사건을 장로회의에 붙일 수도 있네.”

은근히 겁을 주는 정경장로.

대정숙에서는 사안이 중대하다고 판단되는 사건을 장로회의에 붙이는 제도가 있다.

장로회의를 소집할 수 있는 권한은 대정총장과 오대장로만 갖고 있다.

장로회의 결과 다섯 명 중에서 세 명이 찬성을 하면 그때부터 그 사건은 개인의 사건에서 대정숙의 사건으로 이양되며, 그 사건에 대해서만큼은 개인의 모든 권리는 몰수, 혹은 박탈된다.

그 말은 곧 개인이 알고 있는 내용을 말하지 않을 경우에 제재를 가할 수도 있으며 상황에 따라서는 불이익을 당할 수도 있다는 뜻이다.

대정생도는 대정숙의 규율과 제도에 대해서 숙지해야 하므로 기개세는 장로회의가 무엇인지 잘 알고 있었다.

그러나 자신의 사건을 장로회의에 붙인다고 해도 기개세는 조금도 마음의 동요가 일어나지 않았다.

이상한 일이다. 예전하고는 달리 웬만한 일로는 평정심이 흐트러지자 않는다. 마치 깊은 강물처럼 마음이 고요했다.

그는 정경장로에게 정중히 말했다.

"꼭 그렇게 하셔야 한다면 그러십시오."

수양심 깊은 정경장로는 이번만큼은 표정의 변화를 보였다. 가볍게 놀라면서 어이없다는 표정을 지은 것이다.

그러나 그가 반응을 보이기도 전에 기개세가 공손히 말했다.

"어떤 상황이 되더라도 달라지는 것은 없을 것입니다."

권리를 몰수, 박탈당한다고 해도 자신이 알고 있는 바는 절대로 말하지 않겠다는 뜻이다.

그리고 정경장로의 으름장에 대해서 정면으로 도전을 한 것이기도 하다.

정경장로는 '요놈 봐라?' 하는 표정을 지었으나 기개세에게 흥미를 느낄지언정 밉지는 않았다.

그의 내심을 아는지 모르는지 기개세는 정중히 고개를 숙이며 부탁, 아니, 요구했다.

"장로님, 이 사건은 이쯤에서 종결 지었으면 좋겠습니다. 바쁘신 장로님께 더 이상 폐를 끼치는 것은 도리가 아닌 것 같습니다."

정경장로는 엄숙한 표정을 지었다.

"자네는 다쳤고 대정숙의 명예가 손상됐는데도 말인가?"

"제 상처는 곧 나을 것이고, 흉수를 잡아들였으니 대정숙의 손상된 명예는 회복되었다고 생각합니다."

대답이 하도 청산유수라서 정경장로는 일순간 대꾸할 말이 생각나지 않았다.

또한 정경장로는 기개세의 말 중에 '흉수로부터 알아낼 것은 다 알아냈으므로 더 이상 볼일이 없습니다' 라는 의미도

포함되어 있음을 짐작했다.

장경장로는 석대 위의 만삼고수를 쳐다보며 씁쓸한 표정을 지었다.

저자는 곧 죽게 될 것이고, 그렇게 되면 기개세가 요구하지 않아도 이 사건은 자연히 종결될 것이다.

솔직히 말해서 정경장로는 이제 이 사건에는 별 관심을 느끼지 못했다.

다만 길상만교의 고수가 기개세를 죽이려고 했던 것이 좀 걸리기는 했다.

하지만 그들은 과거 청부살인 같은 일도 했으므로 특별히 이상한 일도 아니다.

앞으로는 대정숙에서 길상만교를 찾아내어 기개세를 죽이려고 했던 일의 진위를 가리고, 정말 암살했다고 하면 그 이유를 밝혀내는 일이 남아 있는 정도다.

정경장로는 만삼고수에게서 흥미를 잃은 대신에 낙성검가의 차남 유영 생도에게 지대한 관심을 느끼기 시작했다.

그는 엷은 미소가 떠오르려는 것을 참으면서 짐짓 엄숙한 표정으로 고개를 끄덕였다.

"이 사건의 종결 문제는 노부가 알아서 할 테니 자넨 그만 돌아가게."

기개세가 공손히 허리를 굽혔다 펴는 것을 보면서 정경장로는 그가 처음 봤을 때보다 훨씬 출중하다는 사실을 새삼스럽게 깨달았다.

또한 그가 애써 숨기려고 하는 내용이 정말로 그의 사사로운 개인사일 것이라고 생각했다.

낙성검가 차남 유영 습격 사건은 표면적으로는 잠잠해졌다.

그리고 이틀이 더 지났다.

기개세는 능소당 자신의 연공실에 틀어박혀서 이틀 동안 꼼짝도 하지 않았다.

왼팔의 상처에 딱지가 생기자 감고 있던 천을 푼 것이 하루 전이다.

팔을 움직이면 아직 통증이 있지만 팔을 움직이지 못하는 것보다는 훨씬 나았다.

그는 첫 외박에서 돌아온 후 닷새 동안 천신록에 수록된 절학 중 하나인 천진음파에 푹 빠져 있는 중이다.

천진음파는 음공(音功)이다. 즉, 공력을 소리로 변환시켜서 적을 살상하거나 목표로 정한 물체를 파괴하는 수법이다.

원래 음공은 특수한 무공이고 그 효과가 탁월해서 많은 사람들이 도전해 보지만 워낙 익히기가 까다롭고 힘들어서 결국 극소수의 사람만이 성공하는 것으로 알려져 있다.

음공은 피리나 비파 등 악기를 이용하는 악음공(樂音功)과

사자후(獅子吼)처럼 육성으로 적을 제압하는 성음공(聲音功), 크게 두 종류로 나누어진다.

또한 악기를 사용하든 사자후를 전개하든 한 가지 공통점이 있는데, 공력이 심후해야 한다는 사실이다.

그러나 천신록의 천진음파는 그런 기존의 음공들과는 차원이 전혀 달랐다.

천진음파는 악기를 사용하지도, 사자후처럼 소리를 지르지도 않는다.

절묘하면서도 난해하기 짝이 없는 구결에 따라 입과 손을 통해서 발출한다.

입을 사용하는 것은 평범하게 말을 하면서 발출하거나 아니면 굳이 말을 하지 않고 입만 벙긋거려서 무음(無音)을 발출하여 목표물을 파괴하는 신묘한 수법이다.

손을 사용하는 것은 구결에 따라서 운공하여 손가락 끝에 공력을 모으고, 손가락을 임의의 물체에 대고 튕기거나 문질러서 발출시킨다.

이 두 가지 방법을 전개하면 똑같이 무형, 무음의 음파(音波)가 목적한 방향으로 쏘아 나가 목표물을 파괴한다.

물론 기본은 무음이지만 마음먹기에 따라서 갖가지 소리를 만들어낼 수도 있다.

공력이 심후하면 속도가 빠르고 파괴력이 강하지만, 공력이 약하면 그 반대이다.

얼마 전까지만 해도 기개세의 공력은 삼십 년 수준이었으나 지금은 사십 년 수준으로 증진됐다.

천궁신공을 꾸준히 운공하여 체내의 내단이 조금 용해됐기 때문이다.

그렇다고 해봐야 겨우 내단의 오 푼 정도만 용해하여 공력으로 만들었을 뿐이다.

독고성의 내단은 자그마치 오 갑자가 조금 넘는 삼백이십 년 공력이 응축된 것이다.

기개세가 그것을 모두 용해시켜서 온전히 자신의 것으로 만든다면 과거 천검신문의 태문주들 같은 절대적인 신위(神威)를 떨치게 될 것이다.

기개세는 지난 닷새 동안 천진음파 구결을 풀이하고 구결대로 공력을 운기하면서 보냈다.

그리고 지금 그것을 최초로 전개해 보려는 중이다.

만약 사부 독고성이 살아서 지금의 기개세를 보았다면 적잖이 놀랐을 것이다.

천검신문 전전대(前前代) 태문주에 의해서 후계자로 발탁된 독고성은 백 년 만에 한 명이 나올 정도의 천재였었다.

아니, 독고성뿐만이 아니라 천검신문의 태문주는 천기에 의해 천하에서 가장 뛰어난 자질을 지닌 사람이 선택되기 때문에 천재가 아닌 사람은 한 명도 없었다.

독고성 한 사람만 예를 들어봤을 때, 그는 천진음파의 구결을 풀이하고 운기하는 데 보름 정도가 걸렸으며, 그것을 전개하는 데 한 달이 소요됐다.

만약 평범한 사람이었다면 반년이나 그 이상 걸렸을 것이다.

그런데 기개세는 독고성의 삼분지 일인 닷새 만에 구결을 풀이하고 운기를 한 것이다.

그러므로 그가 전대미문의 경세천재(警世天才)임은 두말할 나위가 없다.

지금 기개세는 의자에 앉아서 반 장 앞 탁자에 한 권의 서책을 넓은 면이 자신 쪽으로 오게 하여 세워두었다.

입으로 음파를 발출하여 서책을 쓰러뜨리려는 것이다.

그는 두 손을 무릎에 얹고 차분하게 마음을 가라앉힌 후에 공력을 끌어올려 천진음파의 구결을 운기했다.

최초로 천진음파를 시도하는 것이므로 추호라도 실수가 없도록 만전을 기했다.

이어서 입을 오므리고 공력을 목으로 이끌어 입술을 달싹거렸다.

"명중해라."

원래는 입을 오므리지 않아도 되고 말을 하지 않아도 되는 데 적잖이 긴장을 하고 또 잘해보려는 마음이 앞서 말이 튀어나왔다.

물론 말과 함께 음파가 발출됐으나 아무런 음향도 들리지 않았다.

탁자에 세워놓은 서책은 까딱도 하지 않았다.

달각.

그런데 서책 왼편 뒤쪽에 있는 화단의 길쭉한 난초 화분 하나가 약간 까딱거렸다.

발출한 음파가 서책을 왼편으로 살짝 비껴 나가 서책으로부터 일 장 뒤에 있는 난초 화분에 적중된 것이다.

그런데 기개세에게서 일 장 반이나 멀리 떨어져 있어서 난초 화분은 음파에 적중되고서도 미미하게 흔들리다가 마는 정도에 그쳤다.

"다시."

그는 정신을 집중하고 서책을 뚫어지게 쏘아보았다. 그랬더니 자신도 모르게 입술이 뾰족하게 더 튀어나와서 그의 눈에도 보일 정도가 됐다.

'뭐야? 어째서 주둥이를 내민 거야?'

구결에는 입술을 내밀어서 겨냥을 하라는 대목은 없었다.

'나답지 않게 긴장이라니……'

예전의 그는 긴장을 너무 하지 않아서 탈이었다. 그런데 지금은 긴장이라기보다는 무슨 일이 있으면 곧바로 진지해져서 문제가 됐다.

그는 입술을 집어넣고 긴장을 풀었다.

그의 장점 중의 하나는 무엇을 어떻게 하자고 마음을 먹는 즉시 그렇게 시도를 한다는 점이다.

서책을 똑바로 주시하면서 잠시 침묵이 흘렀다.

"가라."

입을 미미하게 벙긋했다. 주둥이를 내미는 것은 고쳤으나 말을 하는 것은 여전했다.

팍!

순간 갑자기 서책이 뒤로 반 장쯤 튕겨져 날아갔다.

"됐다!"

그는 신이 나서 달려가 서책을 집어들었다.

그런데 서책은 아무렇지도 않았다. 겉표지가 찢어진 흔적 조차도 없었다.

하지만 그는 실망하지 않고 제대로 명중시켰다는 사실에 무척 고무되었다.

"다시 해보자."

서책을 탁자 위에 올려놓고 다시 의자에 앉았다.

발출된 음파가 서책의 한 부분에 적중된 것이 아니라 퍼져 나가서 여러 곳에 적중된 것이라는 생각이 들었다.

'음파를 한곳에 적중시키면 뭔가 달라질 것이다.'

그렇게 속으로 중얼거리면서 운기를 했더니 또다시 입술 이 뾰족해졌다.

팍!

이번에도 명중이다. 서책은 조금 전처럼 반 장 뒤로 튕겨

날아갔다.

서책을 집어서 살펴보니 역시 찢어진 흔적 같은 것은 없었다. 그가 발출한 음파는 단지 명중으로 그친 것이다. 똑같은 결과다.

되지 않는 방법으로 세 차례 해봤으면 그것으로 족하다. 안 되는 방법을 여러 번, 아니, 수십 번 되풀이한다고 해서 달라지는 것은 없다.

안 되는 것에는 반드시 원인이 있기 마련이다. 그것이 무엇인지 밝혀내기만 하면 성공에 도달할 수 있는 방법을 찾을 수가 있는 것이다.

기개세는 연공실에서 다시 이틀을 보냈다.

그 이틀 동안 그는 수십 번 입으로 음파를 발출하기를 되풀이했다.

그렇지만 한 가지 방법을 두 번 이상 전개하지 않았다.

그 방법이 아니라는 생각이 들면 즉시 그만두고 생각에 잠겼다가 또 다른 방법을 찾아냈다.

탁자 위에는 여전히 서책이 세워져 있다.

그런데 기개세는 서책으로부터 일 장이나 떨어진 거리에 의자를 끌어다가 앉아 있었다.

그의 천진음파 연마는 지난 이틀 동안 많은 발전과 변화가 있었다. 그중 하나가 거리가 멀어졌다는 것이었다.

그는 평온한 얼굴로 서책의 한가운데를 주시하면서 천진음파의 구결을 외우며 운기를 했다.

목구멍을 통해서 빠른 속도로 올라온 공력을 혀끝을 통해서 발출했다.

이틀 전에는 입술로 방향을 조절했는데 지금은 혀로 조절한다. 그것이 두 번째 변화다.

입술도 내밀지 않고 말을 하지도 않았는데 무형무음의 음파가 쏜살같이 발출되었다.

투우.

그와 함께 음파가 서책에 적중되는 미약한 음향이 흘렀다.

그런데 서책은 탁자 위에 그대로 서 있었다.

기개세는 의자에서 일어나 탁자로 다가가 약간 긴장된 얼굴로 서책을 집어들었다.

그의 시선이 서책 한가운데에 고정되었다. 그곳에는 엄지손톱 크기의 구멍이 하나 뻥 뚫려 있었다.

'성공이다!'

발출하는 순간 여러 방향으로 흩어지던 음파를 한곳으로 모아 위력을 증가시킨 것, 그것이 세 번째 변화다.

오십 장 정도로 이루어진 서책에 구멍을 뚫을 정도면 사람 몸에도 충분히 그렇게 할 수가 있다.

뼈를 부러뜨릴 정도의 위력은 아니지만 적의 목을 적중시키면 치명상을 입힐 수 있을 것이다.

또한 갈비뼈 사이로 적중시키면 심장을 터뜨릴 수 있을 테고, 복부에 적중시키면 내장을 파열시킬 수도 있을 터이다.

현재로선 이 정도 위력이 한계다. 공력이 증가되거나 적중 부위를 지금의 엄지손톱 크기보다 더 작게 만든다면 위력 역시 증가할 것이다.

'그렇지!'

문득 기개세는 반색을 했다.

'천진음파에 성라점혈수를 가미한다면?'

성라점혈수는 낙성검가의 성명 점혈 수법이다..

점혈이라는 것은 인체의 수많은 혈도를 찍어서 적을 죽이거나 마비시키고 또 혼절하게 만들기도 하고 고통에 빠지게도 하는 고명한 수법이다.

새로운 방법에 생각이 미친 기개세는 그 즉시 커다란 종이에 실제 크기의 사람 모습을 그렸다.

원래 그림 실력이 없어서 이상한 모양이지만, 사람 형체는 그런대로 얼추 갖추어졌다.

사람 형체에 혈도 수백 개를 빼곡하게 점으로 표시를 했다. 성라점혈수의 혈도와 수법은 그의 머릿속에 다 들어 있기 때문에 점 옆에 혈도 명을 따로 적을 필요는 없다.

그는 완성된 그림을 벽에 자신의 키 높이로 붙여놓고는 흐뭇한 얼굴로 응시했다.

'좋았어. 이제부터는 이것으로 연마한다.'

그는 그림을 붙인 벽에서 일 장 거리에 두 발을 어깨 넓이
로 벌린 채 우뚝 섰다.
새로운 것은 언제나 그를 흥분시킨다.
천진음파를 처음 배우기 시작했을 때의 잔잔한 흥분이 지
금 그의 가슴을 흔들고 있었다.

第五十二章

대변불통(大便不通)

“영아.”

기개세가 종이에 사람을 그려서 벽에 붙여놓고 수련을 시
작한 지 한나절이 지났을 때 방문 밖에서 유석이 조용한 목소
리로 그를 불렀다.

“왜?”

기개세는 벽의 그림에서 시선을 떼지 않은 채 물었다.

“바쁘니? 누가 널 찾아왔어. 중요한 일이라고 하더라.”

하긴, 중요한 일이 아니라면 유석이 기개세의 무공 연마를
방해할 리가 없을 터이다.

척!

기개세가 연공실의 방문을 열자 유석이 반가운 표정으로 서 있는 모습이 보였다.

유석은 기개세가 정경장로를 만나고 올 때 잠깐 보고는 나흘 만에 그의 얼굴을 보는 것이다.

"하하하! 형! 오랜만이야!"

기개세는 유석이 찾아온 용무보다 그를 만난 것이 반갑다는 듯 두 손을 덥석 잡으며 환하게 웃었다.

유석 역시 같은 마음이어서 두 사람은 서로 손을 맞잡고 인사를 주고받았다.

"영아, 너를 찾아온 사람이 재당에서 기다리고 있단다."

유석은 기개세의 손을 잡고 재당 쪽으로 이끌었다. 원래 남자들끼리는 웬만해서는 손을 잡지 않지만, 기개세를 너무도 각별하게 여기는 유석은 조금도 개의치 않았다.

유석이 열어주는 문으로 재당에 들어선 기개세는 그곳 탁자에 마주 보고 앉아 있는 일남 일녀를 발견했다.

일남 일녀는 기개세가 들어서자 즉시 튕기듯이 벌떡 일어나서 탁자 옆으로 걸어나왔다.

그러나 기개세는 그들에게 가지 않고 한쪽에 나란히 서 있는 강화, 종화에게 다가가며 반갑게 외쳤다.

"하하하! 강화, 종화 누나! 오랜만이야!"

기개세를 기다리고 있던 두 사람, 즉 오청반 중에서 팔세영웅의 발장인 담신기와 나운상은 기개세와 인사를 하려다가

머슬머슬한 표정을 지었다.

주방 안에 있던 전봉여까지 나오자 기개세와 세 여자는 손을 잡고 얼싸안은 채 그동안의 밀린 수다를 떠느라 정신이 없었다.

나운상과 담신기는 그런 기개세의 모습을 보면서도 불쾌하거나 화난 표정을 짓지 않았다.

그도 당연한 것이, 기개세가 천검신문의 문주, 즉 태문주 후계자라는 사실을 알고 있기 때문이다.

그리고 이들 두 사람이 이곳 능소당에 온 이유는 능소지에 가입하여 기개세를 지척에서 호위하기 위함이다.

기개세는 한참 수다를 떤 후에야 세 여자와 떨어졌다.

하지만 나운상과 담신기에겐 여전히 관심이 없는 듯 배를 쓰다듬으면서 전봉여에게 울상을 지었다.

"전 이모, 배고파. 밥 좀 줘."

나흘 동안 쫄쫄 굶으면서 무공 연마만 했으니 배가 고프지 않으면 이상한 일이다.

전봉여가 요리를 하러 부리나케 주방으로 달려들어 간 후에야 기개세는 어슬렁거리면서 탁자 앞으로 다가가 의자에 털썩 주저앉았다.

나운상과 담신기는 비로소 자신들의 차례라고 여겨 기개세 옆쪽으로 걸어갔다.

그때 능소지 친구들이 와르르 재당 안으로 몰려들어 왔다.

기개세가 연공실에서 나올 때의 말소리를 들었던 것이다.

"꺄악! 오라버니!"

"둘째 오빠!"

"유 형!"

제일 먼저 달려들어 온 우연과 유정은 아예 까무러칠 정도로 반가워하면서 비명처럼 기개세를 불렀다.

조그만 우연은 쪼르르 달려와서 기개세와 마주 보는 자세로 그의 무릎에 냉큼 올라앉아서 두 팔로 그의 등을 꼭 끌어안으며 가슴에 뺨을 마구 비벼댔다.

그녀는 마치 죽은 부모가 살아서 돌아온 것처럼 기개세를 반가워했다.

그녀는 능소지에 있는 그 누구보다도 기개세와 가장 허물이 없는 사이다.

비록 술에 취했을 때이기는 하지만, 걸핏하면 기개세와 지금 같은 자세로 술을 마시고, 그에게 업히는 것은 예사이며, 그의 몸 위에 엎드려 자다가 토해서 둘 다 엉망진창이 된 적도 있다.

온몸이 오물로 더럽혀졌을 때 우연은 자신의 몸을 기개세가 구석구석 깨끗이 씻어준 사실을 비몽사몽 중에 어렴풋이 기억하고 있었다.

그리고 또 그의 벌거벗은 몸을 본 기억도 있다.

그 당시에 우연은 너무나 부끄러웠으나 그보다는 기개세

가 자신의 온몸을 씻어준다는 기쁨 때문에 앙큼하게도 가만
히 있었던 것이다.

그러면서 가끔씩 살짝 눈을 뜨고 기개세의 나신을 살피는
것을 빼놓지 않았다.

만약 취하지 않았으면 죽어서 혼령이 된다고 해도 절대로
하지 못할 짓이다. 그녀를 그런 강심장으로 만든 것은 오직
술이었다.

우연 다음으로 유정과 손진, 부옥령이 경쟁을 하듯 달려와
서 기개세의 양옆에 앉아 찰싹 달라붙었고, 진운상과 유석,
서주동이 주위에 모여 섰다.

그리고는 나운상과 담신기는 까맣게 잊은 듯 자기들끼리
만 한동안 웃고 떠들었다.

찾아온 사람이 있다면서 기개세를 연공실에서 데리고 나
온 유석마저도 나운상과 담신기를 잊고 있기는 마찬가지다.

담신기는 그렇다고 쳐도, 나운상은 자신이 누군가에게 이
렇게 무시를 당하기는 생전 처음이었다.

대저 그녀가 누군가. 이 땅의 사내라면 노소 구별 없이, 아
니, 여자들조차 단 한 번만이라도 먼발치에서나마 보고 싶어
하는 강북천봉 나운상이 아닌가.

천하 어디를 가도 그녀를 보려고 몰려드는 사람들 등쌀에
몸서리를 치는 것이 익숙한 그녀였다.

그런데 지금 이곳에서는 나운상이라는 존재 자체가 아예

없는 듯하다.

하지만 그녀는 수치심이라던가 자존심의 손상 같은 것을 추호도 느끼지 못했다.

그보다 천검신문 문주 앞이라는 극도의 긴장감이 훨씬 더 크기 때문이었다.

"저……."

결국 기다리다 못한 나운상이 가까이 다가와서 조심스럽게 입을 열었다.

그녀와 나란히 서 있던 담신기는 그녀가 앞으로 걸어나가자 움찔 놀라서 잡으려고 했으나 한 걸음 늦고 말았다.

담신기는 기개세가 자신들을 부를 때까지 언제까지나 기다릴 생각이었으나 나운상은 그러지 못했다.

유석은 나운상의 목소리를 듣고 나서야 아차 하는 표정을 지었다.

"영아, 이 두 분이 우리 능소지에 가입하고 싶다고 찾아왔는데, 네 생각은 어떠냐?"

기개세는 나운상과 담신기를 힐끗 보더니 그들에겐 별 관심 없다는 듯 우연의 엉덩이를 바짝 끌어당겨 안고는 통통 두드리며 대수롭지 않게 말했다.

"형이 발장이니까 알아서 해."

유석은 그럴 줄 알았다는 듯 빙그레 미소 지었다.

우연은 기개세와 배하고 가슴이 완전히 밀착된 자세에서

두 팔로 그의 등을 꼭 끌어안고 뺨을 어깨에 얹은 채 이야기
를 들으면서 잠이 들락 말락 하고 있었다.

기개세뿐만 아니라 능소지의 모두들 무공 연마에 푹 빠져
서 식사는 물론이고 밤잠을 설치고 있었으니 눈만 감으면 잠
이 쏟아질 판국이다.

그러나 기개세를 만난 반가움에 허기와 졸음을 잊고 있는
것이다.

손진과 유정은 기개세의 팔 하나씩을 두 팔로 붙잡고 가슴
에 꼭 안고는 그의 어깨에 뺨을 기댄 자세로 혼곤한 표정을
짓고 있었다.

유정 옆에 바짝 앉은 부옥령은 그녀의 허리에 팔을 두르고
어깨에 고개를 기댄 자세로 입에서 침을 튀기며 무언가 신나
게 설명하고 있는 중이다.

그는 유정에게 바짝 밀착하고 있으면 기개세의 체온을 느
낄 수 있다는 듯한 모습이다.

여자보다 더 아름답게 생긴 부옥령은 거의 여자나 다름없
이 행동하기 때문에 능소지의 여자들은 그를 사내라고 여기
지 않는다.

이즈음의 능소지 여자들은 모두 기개세를 흠뻑 사랑하고
있었다.

하지만 그것은 딱히 '사랑'이라고 정의를 내리기에는 뭔
가 부족한 점이 있었다.

그녀들은 기개세를 사랑의 대상인 남자로 여기고 있지만, 한편으로는 가족처럼 느끼기도 하고, 또 친남매 같은 정(情)도 느끼고 있다.

보통 남녀 사이에서는 존재하지 않는 그런 복잡하고 야릇한 관계인 것이다.

유석은 나운상과 담신기를 보며 훈훈한 미소를 빙그레 지으면서 두 팔을 벌려 보였다.

"두 분이 능소지의 식구가 된 것을 진심으로 환영합니다."

나운상과 담신기가 정식으로 인사를 하려는데, 유석이 주방을 향해 소리쳤다.

"전 이모! 요리하고 술 좀 푸짐하게 부탁합니다!"

능소지에 새로운 친구가 가입했으니 오늘은 코가 비뚤어지도록 술을 마시기 위해서다. 그는 어느새 절반쯤은 기개세처럼 변해 있었다.

"자, 두 사람은 자신의 소개를 하십시오."

능소지 친구들은 요리와 술이 탁자에 그득하게 차려지고 나서야 나운상과 담신기를 자리에 앉혔다.

그전까지는 자기들끼리 한 덩어리가 되어 왁자하게 대화를 하느라 바빴다.

능소지 친구들 중에서 나운상과 담신기를 알고 있는 사람은 부옥령뿐이다.

나운상은 강북천봉인 동시에 기개세 바로 전의 만점자이고, 담신기는 팔세영웅의 발장이지만 두 사람을 본 적이 없기 때문이다.

일전의 임등 승급 시험에 두 사람이 구경을 하러 왔었으나 능소지 친구들은 시험에만 정신이 팔려 있어서 그들이 왔는지조차도 몰랐었다.

능소지 친구들은 대화를 하는 동안에 이따금씩 나운상과 담신기를 보면서 정말 아름다운 미인이고 영웅호걸이라는 생각을 하긴 했었다.

하지만 단지 그것뿐이다. 대화가 훨씬 더 재미있고 기개세와 함께하는 시간이 즐거워서 나운상과 담신기의 존재는 줄곧 잊혀져 있었다.

평소의 나운상과 담신기라면 이곳에 오지도 않았겠지만, 설혹 왔다고 해도 여태까지의 수모를 견디면서 기다리고 있을 하등의 이유가 없었을 것이다.

"불초는 뇌룡문의 담신기라고 합니다."

담신기가 먼저 포권을 하고 허리를 굽히면서 더할 수 없이 공손한 목소리로 입을 열었다.

능소지의 친구들이 죽 앉아 있었으나 그는 정면의 기개세를 향해서 인사를 했다.

그는 능소지가 아닌 천검신문 문주를 처음 배알하는 예의를 갖춘 것이다.

　이 자리에 기개세만 있다면 무릎을 꿇고 부복을 해야 마땅한 일이었다.

　담신기가 자신을 소개하자 기개세와 부옥령을 제외한 능소지 친구들은 얼굴 가득 놀라움을 떠올렸다.

　담신기가 무림팔대세가 중 뇌룡문 문주의 아들이라는 것도 놀라운 일이지만, 오청반의 팔세영웅 발장이라는 사실이 더욱 놀라웠다.

　대정숙 역사상 파벌의 발장이 다른 파벌에 가입한 경우는 단 한 번도 없었다.

　하물며 팔세영웅 발장이 능소지에 가입한다는 사실은 대정숙을 발칵 뒤집어놓고도 남음이 있는 일이다.

　큰 충격을 받은 능소지의 몇몇 사람들 입에서 나직한 탄성이 흘러나왔다.

　문득 진운상과 유석, 손진, 세 사람은 담신기가 방금 전에 무릎만 꿇지 않았다 뿐이지 마치 신하가 황제를 알현하는 것 같은 인사를 올렸다는 사실을 기억해 냈다.

　오청반 팔세영웅의 발장이 능소지에 가입하는 것이나, 그런 인사를 하는 것은 잘 이해가 되지 않는 일이다.

　그러나 세 사람의 의혹이 더 깊어지기도 전에 이번에는 나운상이 인사를 했다.

　"소녀 나운상이 인사드려요."

　그녀는 아예 의자에서 물러나와 한쪽 무릎을 꿇고 이마가 바닥에 닿을 정도의 자세를 취했다. 그녀 역시 기개세 한 사람을 향한 인사다.

그것은 절이나 다름이 없는 인사였지만, 그녀는 주위의 이목 같은 것은 추호도 상관하지 않았다.

그녀는 불과 이 년 전인 십오 세 때에 자신의 가문이 천검사호문이라는 사실과 자신이 태문주를 최측근에서 호위하는 네 명의 그림자 천검사영에 발탁되었다는 사실을 처음 알게 되었다.

그 당시에 그녀는 무척 놀랍고 기뻤다. 하지만 기쁨은 그리 오래가지 않았다.

천검신문의 문주가 지난 삼백칠 년 동안 출현하지 않았다는 사실 때문이다.

삼백칠 년 동안 천검사호문의 여러 대의 전대 문주들과 서른 차례, 삼십대(三十代)의 천검사영이 끝이 없을 듯한 기다림을 계속하다가 스러져 갔다.

임기가 죽을 때까지인 천검사호문 문주와는 달리, 천검사영의 임기는 불과 십 년뿐이다.

십 년 사이에 천검신문 태문주 후계자가 출현하지 않으면 새로운 천검사영이 선발된다.

천행으로 그 십 년 사이에 후계자가 출현하면 죽을 때까지 임무가 계속된다.

그런데 그 천행이, 영원히 오지 않을 것 같았던 장장 삼백칠 년의 기나긴 침묵을 깨고서 마침내 나운상에게 홀연히 내려진 것이다.

그러니 어찌 감격에 감격을 더하지 않겠는가.

천검사영이 천검신문 태문주를 모시게 되면 평생토록 혼인을 하지 않는 규칙이 있다.

온전히 태문주의 소유물이며, 최측근에서 그를 호위해야 하기 때문이다.

지난 천검신문 태문주 팔 대(八代)를 거치는 동안 천검사영의 여자가 태문주의 눈에 들어서 잠자리를 같이하는 경우는 비일비재했다.

왜냐하면 지금까지의 태문주들은 대부분 혼인을 하지 않고 평생 홀몸으로 지내서 늘 외로웠기 때문이다.

천검사영의 여자가 태문주의 여자가 된다면, 그것은 천행에 천은(天恩)을 더한 것이라고 할 수 있었다.

나운상은 인사를 하면서 자신의 이름만을 밝혔다. 문주인 기개세가 이미 자신에 대해서 알고 있을 것이라고 생각했기 때문이다.

기개세뿐만 아니라 능소지의 모든 사람도 이름만 듣고도 그녀가 누군지 단번에 알았다.

"강북천봉 나운상."

"맙소사!"

"이런……."

그런 탄성을 터뜨린 사람들은 기개세를 제외한 남자들이다.

팔세영웅 발장인 담신기에 이어서 강북천봉 나운상이 능소지에 가입한 것이다.

두 사람 덕분에 여태까지 화기애애하던 분위기가 찬물을 끼얹은 듯이 착 가라앉았다.

능소지 사람들은 찬찬히 두 사람을 살피고 관찰하느라 여념이 없었다.

다만 기개세는 혼자 자작으로 술을 마시면서 두 사람에게 눈길조차 주지 않고, 우연은 그의 어깨에 뺨을 얹은 채 어느새 잠이 들어 있었다.

나운상은 기개세가 자신들을 쳐다보지 않지만 실망하거나 서운하지 않았다.

그가 다른 사람들 이목 때문에 그러는 것이라고 생각하기 때문이다.

그때 기개세가 나운상과 담신기를 향해 팔을 뻗어 손목을 까딱거리며 자신의 앞자리를 가리켰다.

"어이! 거기 두 사람, 이리 와서 앉아라."

건방지기 짝이 없는 말이고 행동이다.

능소지 친구들은 기개세가 나운상과 담신기에게 다분히 무례하게 대하는 것을 보고 적잖이 놀라고 또 긴장했다.

그러면서도 나운상과 담신기가 어떻게 나올지 자못 기대

어린 표정으로 주시했다.

하지만 팔세영웅 발장과 천하이미(天下二美) 중 한 명인 강북천봉은 군말없이 조용히 기개세가 가리킨 탁자 건너편에 조심스러운 동작으로 나란히 앉았다.

담신기는 십구 세로 기개세보다 두 살 많다.

대정숙에서도 노른자라고 할 수 있는 오청반 팔세영웅의 발장 노릇을 하기에는 적은 나이일 수도 있다.

그렇지만 무림에서는 나이로 그 사람을 논하지 않는다. 더구나 그 사람이 영웅호걸일 경우에는 더욱 그렇다.

먼저 태어난 것이 자랑이고 힘의 균형이라면, 시골구석에서 평생 땅만 파고 살았어도 백 세 장수를 하면 최고의 대접을 받아야 하는 세상이 되어야 할 터이다.

"술 받아라."

기개세는 나운상과 담신기에게 빈 잔을 내밀고 나서 술병을 들이댔다.

두 사람은 자신도 모르는 사이에 허리를 꼿꼿하게 펴고 두 손으로 잡은 빈 잔을 자못 경건하기까지 한 자세로 공손히 내밀었다.

"어허! 긴장 풀어."

기개세는 술을 따르려다가 말고 사뭇 도타운 표정으로 너스레를 떨었다.

그는 나운상과 담신기가 천검사영이라서 정겹게 대하는

것이 아니라, 본래의 성격이 누구에게나 두루춘풍이기에 허물없이 대하는 것이다.

나운상과 담신기는 공손히 술잔을 받았으나 감히 마시지는 못하고 두 손으로 감싸서 잡고는 지그시 눈을 내리깔았다.

그즈음 모두들 자리에 둘러앉았다. 앉다 보니 담신기 옆에는 진운상이, 나운상 옆에는 유석이 앉았고, 서주동은 부옥령 옆에 앉았다.

"하하! 자! 이제 슬슬 환영회를 시작해 볼까!"

기개세는 좌중을 둘러보면서 껄껄 웃으며 두 손바닥을 비볐다.

"하하하! 좋아! 오늘은 내가 제일 많이 마시겠다!"

"호호홋! 천만의 말씀을! 오늘이야말로 제가 일등이에요!"

그러자 다들 왁자하게 떠들면서 궁둥이를 들썩거렸다.

나운상과 담신기는 능소지에서는 신입을 이런 식으로 술을 마시면서 환영을 하나 보다고 생각했다.

아무리 그렇더라도 아직 해도 지지 않은 오후인데 술을 마시기에는 이른 시각이라는 생각이 들었다.

그렇지만 오늘은 천검사영의 두 사람이 주군을 처음 만난 특별하고도 특별한 날이다.

오후가 아니라 이른 아침이라고 해도 술을 마실 수밖에 없는 상황이라면 마셔야만 한다.

[상 매, 실수하지 마.]

그때 담신기가 고개를 약간 숙여 다른 사람이 보지 못하도록 하면서 나운상에게 전음을 보냈다.

나운상은 대답하지도 어떠한 반응을 보이지도 않았다. 그렇지 않아도 오늘만큼은 자신의 깐깐한 성격 때문에 실수를 하지 않으려고 내심으로 수십 번이나 각오를 다지고 있는 그녀다.

'주군 면전에서 전음을 하다니……'

그러면서 오히려 담신기가 실수를 한 것이라고 속으로 핀잔을 주었다.

그때 기개세는 자신에게 찰싹 붙어서 안겨 있는 우연의 몸이 단단하게 경직되는 것을 느꼈다.

그는 두 손으로 복숭아 같은 우연의 엉덩이 두 쪽을 붙잡듯이 떠받치고 있는 자세인데, 그녀가 엉덩이를 뒤로 약간 빼면서 항문에 잔뜩 힘을 주는 것이 고스란히 손으로 전해져 왔다.

엉덩이를 떠받치고 있는 두 손이 그녀의 계곡 깊은 곳에 자연스럽게 닿아 있었기 때문이다.

기개세는 우연이 무엇을 하려는지 즉시 알아차렸다.

뽀오옹~!

그때 가느다란 고음의 긴 방귀 소리가 우연의 궁둥이 사이에서 흘러나왔다.

기개세 바로 앞에 나운상과 담신기가 나란히 앉아 있기 때문에 우연의 방귀는 정통으로 그들에게 향했다.

두 사람은 깜짝 놀라면서도 어이없는 표정을 떠올렸다.

"에헤헷! 소녀가 일번이에요! 한 잔 올려보세요!"

우연이 개구쟁이처럼 귀엽게 웃으면서 빙그르르 몸을 돌려서 이번에는 기개세의 가슴에 자신의 등을 대는 자세로 바꾸어서 앉았다.

"선수를 뺏기다니, 분하다. 내가 한 잔 따를게, 연 매."

옆에 앉은 유정이 분하다면서도 환하게 웃으며 술 한 잔을 철철 넘치게 따라 우연에게 내밀었다.

나운상과 담신기는 도대체 어떻게 돌아가는 영문인지 몰라서 얼굴 가득 어리둥절한 표정을 떠올리고 있을 뿐이다.

"하하! 정 매, 두 번째 술은 내게로."

뿡!

그러자 이번에는 진운상이 힘차게 방귀를 뀌면서 빈 잔을 내밀었다.

우연은 술잔을 높이 들고 나운상과 담신기를 보면서 환하게 웃으며 기세 좋게 외쳤다.

"깔깔깔! 저는 취봉문의 우연이에요!"

그리고는 단숨에 술잔을 비웠다.

"하하하! 나는 소림사의 진운상이오!"

그러자 진운상이 이어받아 껄껄 웃고 나서 게 눈 감추듯 술을 입안에 쏟아부었다.

붕! 붕!

"으핫핫! 나는 두 잔!"

기개세는 손가락 두 개를 펼쳐 보이면서 호기롭게 방귀 두 방을 갈겼다.

"둘째 오빠! 저는 술 따르느라 기회가 없어요!"

유정이 입술을 삐죽거리면서 기개세에게 술 두 잔을 따르지만 재미있어서 죽겠다는 표정이다.

바야흐로 여기저기에서 방귀가 난무하고 있다.

방귀를 뀌려고 주먹을 부르쥐고 얼굴을 새빨갛게 물들이며 궁둥이를 들썩거리는 모습들이 실로 가관이 아니다.

우연이 두 손으로 탁자를 짚더니 궁둥이를 뒤로 쭉 빼면서 힘을 줬다.

궁둥이를 뒤로 빼봐야 기개세 사타구니다.

뽀옹!

"야앗! 정 언니! 또 한 잔!"

"하하하! 뜨겁다, 인석아!"

기개세가 우연의 궁둥이를 두드리며 껄껄 웃었다.

기개세와 우연, 진운상, 유석, 서주동, 그리고 술을 따르면서 유정까지 합세하여 여섯 명이 꼬리를 물고 방귀를 뀌어대고 술을 마셨다.

실내에는 갖가지 방귀 소리와 웃음소리, 떠드는 소리가 가득했다.

그리고 다양한 종류의 방귀 냄새가 진동했다.

이 상황에 이르고서도 좌중의 상황이 어떻게 돌아가고 있는 것인지 모른다면 바보천치가 분명하다.

나운상과 담신기는 능소지의 별난, 아니, 아주 많이 맛이 간 친구들이 방귀를 한 번 뀌고 술 한 잔을 마시는 해괴한 놀이를 즐긴다는 사실을 깨달았다.

능소지 친구들의 방귀 놀이는 거의 광적이고 또 맹목적인 것처럼 보였다.

나운상과 담신기는 어이가 없다 못해서 아연실색한 표정을 지으면서 난무하는 방귀 소리와 구수하고 지독한 냄새 속에 꿔다 놓은 보릿자루처럼 앉아 있었다.

세상의 상식하고는 거리가 먼 이런 상황에 처한 사람은 두 가지 반응을 보이기 마련이다.

차츰 동조하든가 아니면 괴리감을 느낀다.

약간의 시간이 지나자 담신기는 분위기에 동조하는 마음이 들기 시작했다.

반면에 나운상은 속으로 역겹게 느끼고 있다는 것이 얼굴에 고스란히 드러나기 시작했다.

나운상과 담신기가 봤을 때 능소지 사람들은 어느 누구 할 것 없이 이 변태적인 놀이에 빠져 있었다.

단지 두 사람, 손진과 부옥령이 아직 가담하고 있지 않고 있는데, 손진은 방귀를 뀌려고 거의 필사적으로 몸부림을 치고 있으며, 부옥령은 팔짱을 낀 채 빙그레 여유있는 미소를 짓고 있었다.

진정한 방귀의 고수, 아니, 달인 부옥령은 분위기가 더 무르익기를 기다리고 있는 중이다.

능소지 친구들은 이런 술자리를 몇 차례 하다 보니까 방귀를 마음대로 조절할 수 있는 능력을 자연적으로 체득했다.

몸 안에 축적되어 있는 방귀는 일정량이 정해져 있기 때문에 그것을 다 소진하고 나면 더 이상 뀔 수가 없다. 그 말은 더 이상 술을 마시지 못한다는 뜻이다.

그 시점에서 두 부류로 나누어지는데, 첫 번째 부류는 방귀를 인위적으로 만들어낼 수 있게 되었고, 두 번째 부류는 여전히 자연 방귀만 고집하고 있다.

인위적 방귀를 만들어내려면 항문과 주변의 근육을 잘 이용해야만 한다.

그래서 항문으로 공기를 빨아들였다가 다시 토해내면서 방귀 소리를 내는 것이다.

이때 제대로 조절하지 못하면 예쁜(?) 소리가 아니라 바람 빠지는 소리가 나고 만다.

그 방법을 터득한 사람은 기개세와 진운상, 유석, 유정, 서주동, 다섯 명이다.

그리고 인위 방귀를 터득하지 못하고 자연 방귀에만 목숨을 걸고 있는 사람이 손진과 우연이다.

　그래도 우연은 머리가 잘 돌아가는 편이라서 언제 있을지 모르는 술자리를 위해 매 끼니 때마다 방귀를 잘 나오게 하는 음식을 줄기차게 먹어댄다.

　그 덕분에 술자리에서 최소한 이십 회 이상의 귀여운 가죽 피리 소리를 만들어내고 있다.

　부옥령은 더 이상 말할 필요도 없다. 그는 숨만 쉬면 그것이 잠시 후에 방귀로 변하기 때문에 구태여 인위 방귀를 만들 이유가 없다.

　그는 방귀의 신, 즉 비신(屁神)이다.

　가장 안타까운 사람은 손진이다. 그녀는 인위적인 방귀도, 자연적인 방귀도 만들어내지 못하는 슬픈 운명이다.

　왜냐하면 그녀는 대변불통(大便不通), 즉 극심한 변비를 앓고 있기 때문이다.

第五十三章

치명적 호위(護衛)

손진은 금방이라도 울 것 같은 표정이다.

기개세에 의해서 술을 배우고 술맛을 알게 된 그녀는 불행하게도 현재까지 한 잔도 마시지 못했다.

그리고는 다른 사람들이 마시는 것을 보면서 부러운 표정으로 침만 꼴깍꼴깍 삼키고 있는 중이다.

자랑스러운 능소지의 일원으로서 부끄러움은 같은 것은 이미 일찌감치 수료를 했다.

아니, 오히려 능소지에서는 방귀를 잘 뀌어야 기개세에게 귀여움을 받는다.

그녀도 부옥령이나 우연, 유정처럼 기개세에게 잘했다고

칭찬도 받고 귀여움도 받고 싶다.

아니, 술 한잔 마시고 싶어서 입안이 바싹바싹 마르고 있는 지경이다.

그런데도 도무지 방귀는 나올, 아니, 만들어질 기미조차 보이지가 않는다.

두 손으로 탁자를 짚고 궁둥이를 한껏 뒤로 뺀 자세에서 도대체 얼마나 힘을 주었는지 창자가 빠져나갈 것만 같은 느낌이다.

사랑하는 기개세는 그녀에게 눈길 한 번 주지 않고, 연신 방귀를 뀌어대는 사람들을 흐뭇하게 바라보며 술을 따라주기에 바쁘다.

"끄응……."

그때 나오라는 방귀는 나오지 않고 손진의 입에서 답답한 신음이 새어 나왔다.

그제야 기개세가 힐끗 그녀를 쳐다보았다.

손진은 안타까운 도움의 눈길을 기개세에게 보냈다.

기개세는 그녀가 한 잔도 마시지 못했다는 것을 알고 있지만 규칙이 규칙인지라 방귀도 뀌지 않은 그녀에게 술을 줄 수는 없는 노릇이다.

단지 어떻게든 그녀로 하여금 방귀를 뀌게 만들 수 없을까 고개를 갸웃거렸다.

이 괴상망측한 방귀 연회에 참가하게 된 두 명의 이방인,

나운상과 담신기는 이미 마음의 결정을 내렸다.

나운상은 죽으면 죽었지 방귀 같은 것은 뀌지 않겠다고 맹세를 거듭했다.

반면에 담신기는 속으로 일 발의 방귀를 서서히 만들어내고 있는 중이었다.

그때 두 사람은 앞에 앉은 기개세가 손진을 향해 손을 뻗는 것을 발견했다.

손진은 기개세가 자신을 도우려는 것을 깨닫고 그의 손이 자신의 궁둥이로 다가오자 궁둥이를 슬쩍 들어 올렸다.

그의 손이 몸에 닿는다고 해서 부끄러워할 손진이 아니다.

그와 함께 자기도 하고 목욕도 함께한 우연을 미친 듯이 부러워하고 있는 그녀가 아닌가.

기개세는 손을 손진의 궁둥이 뒤쪽에서 계곡 깊숙한 곳에 떠받치듯이 갖다 댔다.

그녀의 항문으로 공기를 주입했다가 흡자결로 빨아내서 인위적인 방귀를 만들어주려는 계산이다.

여자의 항문과 옥문은 상당히 이웃하고 있는 관계로 무척 세심한 주의를 기울이지 않는 한 그 둘 중 하나만 만지는 것은 매우 어려운 일이다.

고로 기개세의 손은 손진의 계곡 전체를 덮듯이 지그시 누른 채 꽤 많은 공기를 주입시켰다.

손진은 배 안에서 공기가 부글부글 끓는 것을 느끼면서 기개세에게 무한한 고마움을 느꼈다.

기개세는 공력을 손끝에 모아 흡자결을 일으켜 손진의 항문 속에서 공기를 흡입했다.

이제 막 창자의 공기가 항문을 통해서 배출되면서 소리를 만들어내기만 하면 되는 것이다.

'아아……'

아주 기묘한 느낌이 손진의 등줄기를 훑었다. 인간이라면 누구라도 쾌감을 느끼는 배기(排氣)의 느낌이다.

그녀는 아주 통렬한 한 방을 분출하기 위해서 아랫배에 잔뜩 힘을 주고 궁둥이를 들었다.

나운상은 기개세가 손진의 은밀한 부위를 만지고 있다는 사실을 깨달았으나 인위적인 방귀를 도와주려는 것인지는 모르고 있다.

그 광경을 보고 있는 그녀의 마음속에서 천검신문 문주에 대한 기대감이 조금 사그라지는 것이 느껴졌다.

"아!"

그때 손진이 화들짝 놀라면서 갑자기 기개세의 손을 뿌리치고는 부리나케 재당 문 쪽으로 달려갔다.

기개세는 그녀의 뒷모습을 보면서 어이없다는 표정으로 중얼거렸다.

"똥이야?"

그때 담신기가 정중한 목소리로 입을 열었다.

"이쯤에서 제게도 한 잔 주시기를."

부웅!

몹시 커다란 대왕벌이 날갯짓을 하는 듯한 묵직한 방귀 소리가 실내를 울렸다.

나운상은 깜짝 놀랐다. 그래도 이들 중에서 제정신을 갖고 있는 사람은 자신과 담신기 둘뿐이라고 여겼는데, 한 방의 방귀에 배신을 당하고 만 것이다.

기개세가 호방하게 웃으면서 담신기를 향해 엄지손가락을 치켜세웠다.

"핫핫핫핫! 담신기, 실로 듬직한 방귀 소리다. 내 술 한잔 받아라."

기개세가 주는 술을 두 손으로 공손히 받는 담신기의 입가에 자랑스러운 미소가 번지는 것을 보면서 나운상은 아주 조금 부러운 마음이 들었다.

그러나 그날 그녀는 끝내 단 한 차례도 방귀를 뀌지 않았으며, 단 한 잔의 술도 마시지 못했다.

그 대신에 방귀의 신 부옥령의 화려한 '신입 환영 연속 방귀'가 장내를 압도했다.

기개세는 일찌감치 만취하여 자신의 품에 안긴 채 깊이 곯아떨어진 우연을 안고 방으로 향했다.

끝까지 무방귀를 고수한 나운상은 착잡한 심정을 안고 기개세의 뒤를 바짝 따랐다.

자신의 임무가 기개세를 호위하는 것이니 자신의 지금 감정이 어떻든 책임을 다할 각오다.

몇 방의 방귀로 이미 한 가족처럼 돼버린 담신기는 능소지 친구들과 격의없이 대화를 나누면서 의기양양하게 나운상의 뒤를 따랐다.

자정이 넘은 시각이고, 모두들 술에 취했기 때문에 자신들의 방으로 자러 가는 중이다.

나운상은 조금 더 기개세 뒤로 바짝 다가들었다. 그가 어느 방으로 들어가는지 알아내서 재빨리 그 옆방을 차지하려는 계산이다.

그를 호위하는 시기는 어느 때부터라고 정해진 것이 아니다. 그를 만난 순간부터 나운상은 천검사영이 된 것이다.

기개세가 어느 방문 앞에 이르자 모두들 그에게 왁자하게 잘 자라고 인사를 하였다.

나운상은 재빨리 기개세가 서 있는 방의 왼쪽 방문 앞으로 다가가 섰다.

만약 누가 자신의 방이니까 비키라고 요구한다면 완력을 써서라도 차지할 생각이다.

그런데 다들 자신들 방문 앞에 섰는데도 불구하고 나운상이 서 있는 방문 앞으로 다가오는 사람이 없었다.

그래서 그녀는 그 방이 기개세에게 안겨 있는 우연의 방일 것이라고 추측했다.

나운상과 담신기는 능소지에 가입하기 전에 무슨 일이 있어도 주군이 계신 방의 양쪽 방을 확보하기로 계획했었다.

담신기는 취중에도 계획을 잊지 않았는지 기개세의 방 오른쪽 방문 앞에 우뚝 서 있었다.

그런데 그의 앞에는 손진이 서서 기개세와 인사를 주고받고 있었다.

아까 손진은 기개세의 도움 덕분에 실로 오랜만에 측간에 다녀왔었다.

그 이후 한결 몸이 가벼워진 그녀는 기개세의 공기 주입과 강제 배기의 헌신적인 도움을 받아서 많은 방귀를 뀌었고, 많은 술을 마셨다.

사람이란 특히 남녀 사이에는 부끄러움을 극복하면 한층 더 가까운 사이가 되는 법이다.

손을 잡으면 손을 잡은 만큼, 포옹을 하면 포옹을 한 만큼 친밀해진다.

손진은 오늘 밤 자신의 은밀한 부위를 수십 차례 만지면서 강제 배기의 도움을 준 기개세와 어제보다 훨씬 더 가깝게 친해져 있었다.

"잘 자요."

손진은 기개세에게 바짝 다가들어 그의 뺨에 재빨리 입을 맞추고는 얼른 돌아섰다.

술이 취한 상태인데도 부끄러워서 온몸의 피가 얼굴로 몰린 것처럼 달아올랐으며 노을처럼 붉어졌다.

기개세를 필두로 모두들 방에 들어가자 나운상과 담신기만 남게 되었다.

담신기는 닫힌 방문 앞에서 멀뚱히 서서 나운상을 보며 어색한 표정을 지으며 어깨를 으쓱했다.

나운상은 가볍게 혀를 차고는 손짓으로 그를 불러 함께 우연의 방으로 들어가 가만히 문을 닫았다.

[주군께선 저 우연이라는 어린 여자아이와 동침을 하시는 것 같아요.]

나운상이 전음으로 말하자 담신기는 가볍게 고개를 끄덕이며 대답했다.

[그렇더라도 호위에 문제될 것은 없어.]

두 사람은 기개세가 손진, 우연과 육체관계를 맺고 있는 사이며 오늘은 우연 차례라고 생각했다.

오늘 밤 술자리에서 기개세가 두 여자를 대하는 행동을 보면 그렇게 생각하는 것도 무리가 아니다.

대정숙 내에서는 남녀의 교제가 거의 무한정이라고 할 정도로 자유스럽다. 그렇기 때문에 남녀의 거처가 따로 있지 않는 것이다.

남녀가 서로 좋아지게 되면 동침을 할 수도 있으며, 더 나가서는 함께 사는 동거도 가능하다.

남녀가 따로 살 거처를 요구할 수도 있으며, 혼인을 할 수도 있고, 그럴 경우에는 대정숙에서 혼례를 치러준다.

혼인을 한 남녀는 대정숙 내의 원앙전(鴛鴦殿)이라는 거처로 옮겨야 하며, 둘 사이에 아이가 생기면 유모와 하녀가 배정되고, 원할 경우에 대정숙에서 아이를 위탁 보육, 혹은 위탁 교육하기도 한다.

현재 원앙전에는 이십 쌍의 부부와 열다섯 쌍의 동거 남녀가 거주하고 있다.

이십 쌍의 부부 중에서 세 쌍은 대정숙에 입교하기 전부터 부부였으며, 함께 입교하여 곧장 원앙전에 거처를 정하고 생활하고 있다.

나운상과 담신기는 우연의 방에 들어온 후 유등에 불도 켜지 않은 상태에서 실내에 마주 보고 서서 전음으로 대화를 나누고 있었다.

[내가 먼저 주군을 호위할 테니 담 가는 그동안 술을 깨도록 하세요.]

[나 취하지 않았어.]

[시키는 대로 하세요.]

[알았어.]

나운상이 가볍게 꾸짖자 담신기는 어색한 표정을 지었다.

많은 대정숙 생도들의 존경을 한 몸에 받고 있는 담신기이지만 나운상에게만은 꼼짝도 못한다.

담신기가 그 자리에 가부좌로 앉을 때, 나운상은 뒷문 쪽으로 소리없이 미끄러져 갔다.

나운상은 뒷문 앞에서 뚝 걸음을 멈추고 담신기를 돌아보며 전음으로 물었다.

[능소지 사람들, 우리에게 전혀 관심을 보이지 않는 게 이상하지 않아요?]

당연한 의문이다. 팔세영웅의 발장과 강북천봉이 전격적으로 팔세영웅을 탈퇴하고 이제 막 생긴 능소지에 가입했는데도 그것에 의문을 품는 사람이 아무도 없다는 사실은 누가 보더라도 이상한 일이다.

담신기는 쓴웃음을 지었다.

[이상한 것이 어디 한두 개였어?]

[하긴.]

기개세를 중심으로 능소지 사람들 모두가 상식적인 것하고는 거리가 먼 것 같은데, 나운상, 담신기에게 관심을 보이지 않은 것 정도가 무에 이상한 일이겠는가.

나운상은 담신기가 운공조식에 들어가는 것을 보고 뒷문을 향해 몸을 돌렸다.

극도로 조심을 하여 뒷문을 열고 노대(露臺:발코니)로 나온 나운상은 주위를 한차례 재빨리 둘러보고는 옆쪽 기개세의 방 노대로 소리없이 건너뛰었다.

능소당 이층 전각은 인공 호수 한복판에 지어졌기 때문에 노대 아래에는 으스름 달빛을 받아 은은하게 빛나는 수면이 굽어 보였다.

노대에 우뚝 서 있는 늘씬한 나운상의 온몸에도 싸늘한 달빛이 쏟아져 부딪쳐 흩어지고 있었다.

운파월래(雲破月來)하여 쏟아져 내리는 교교한 월색(月色) 아래의 나운상의 자태는 무어라고 형언할 수 없을 정도로 아름다웠다.

달빛보다 더 차고 도도하며, 잘 벼려진 칼날보다 더 날카롭게 절제된 완벽한 아름다움이 거기에 서 있었다.

소옥군이 자애롭고 따사로운 아름다움의 극치라면, 나운상은 한 올의 흐트러짐 없는 경직과 긴장의 아름다움의 극치라고 할 수 있었다.

오늘 밤에 능소지의 사람들이 술을 마시면서 그녀에게 한마디 말을 붙이지 못했던 이유는, 어쩌면 그녀의 그런 얼음 같은 기도 때문이었을지도 모른다.

이윽고 나운상은 기개세의 방 뒷문을 잡고 아주 조심스럽게 옆으로 밀었다.

문은 잠겨 있지 않아서 무척이나 느릿하게 소리없이 옆으로 밀려 나갔다.

문을 열면서 나운상은 주군 기개세가 터무니없을 만큼 허술하다는 사실에 쓴웃음이 났다.

그러면서 자신이 그의 방으로 직접 들어가서 호위를 하기
로 한 결정이 얼마나 잘한 일인지 스스로 생각해 봐도 대견스
러웠다.

실내로 들어선 후 뒷문을 닫고 나니 그제야 저만치 침상 쪽
에서 잔잔하게 코 고는 소리가 들려왔다.

기개세의 코 고는 소리인데 심하지는 않지만 허공을 잔잔
하게 울리는 정도였다.

나운상은 추호도 기척을 내지 않고 침상으로 다가갔다. 호
위를 하려면 기개세가 정확하게 어디에서 무엇을 하고 있는
지 확인할 필요가 있었다.

기개세는 천장을 보는 자세로 똑바로 누웠고, 그 위에 우연
이 두 팔로 기개세를 끌어안고 두 발을 활짝 벌린 채 엎드려
있으며, 기개세는 솥뚜껑만 한 두 손을 우연의 엉덩이에 얹은
채 잠든 모습이다.

기개세는 입을 약간 벌리고 가늘게 코를 고는데, 우연은 그
의 가슴에 뺨을 대고 나운상 쪽으로 얼굴을 보인 자세에 무척
이나 행복한 얼굴로 새근새근 자고 있다.

그 모습을 보면서 나운상은 자신이 기개세와 우연을 오해
했음을 깨달았다.

두 사람은 정사를 나눈 후에 자고 있는 모습이 아니었다.

이들은 엉망으로 취했는데, 그 상태에서 정사를 나누었다
면 지금처럼 정갈한 모습으로 잠을 잘 수가 없다. 그렇다고

해서 정사 후에 침상을 깨끗이 정리한 다음 잤을 것이라는 생각은 들지 않았다.

게다가 커다란 체구의 기개세 몸 위에 자그마한 체구의 우연이 엎드려서 자고 있는 모습은 마치 아버지가 어린 딸을 재우고 있는 듯했다.

많이 양보를 하더라도 큰오빠와 막내 여동생 정도이지 남녀 사이로는 보이지 않았다.

기개세가 술 마시는 내내 우연을 안고 있고, 또 손진의 은밀한 곳을 스스럼없이 만지는 것을 보고, 이들 일남 이녀가 필경 깊은 관계일 것이라고 대뜸 단정했던 나운상은 자신의 판단이 급했다고 생각했다.

나운상은 침상에서 물러나 실내를 한차례 살펴보고 아무런 이상이 없음을 확인한 후에 다시 침상으로 돌아왔다.

이어서 기개세와 우연의 몸에 이불을 덮어주었다.

그리고는 침상을 보면서 뒷걸음질쳐서 등이 벽에 닿기 직전에 멈추고 그 자리에 가만히 책상다리로 앉았다.

그녀와 침상과의 거리는 일 장 반 정도. 너무 가깝지도, 그렇다고 먼 거리도 아니다.

그녀는 누군가를 호위해 본 적이 한 번도 없으나 호위라는 것이 그리 어려울 것이라고는 생각하지 않았다.

철이 들기도 전부터 가문의 무공을 배웠고, 이후에는 아미파 속가제자가 되었다.

이후 십오 세 때 다시 가문으로 돌아올 때까지 그녀는 자신이 누군가를 호위하게 될 줄은 꿈에도 몰랐다.

그때는 무공을 대성하여 장차 무림에 나가서 여러 영웅 협객, 여걸들과 교류하면서 협행을 하겠다는 것이 꿈이었다.

그러나 지금의 꿈은 천검신문 태문주를 수행하면서 무림에 찬란한 명성을 날리고 또 남기는 것이다.

나운상은 자고 있는 기개세의 옆모습을 바라보았다.

지난번에 승급 시험장에서 그를 자세히 살핀 적이 있지만 그때는 부친이 '그를 주군으로 여기고 호위하라'고 막연하게 말해서 천검신문의 문주인 줄 몰랐을 때다.

하지만 지금은 다르다. 기개세는 분명한 나운상의 주군이고 하늘이다.

그가 주군이라는 사실을 알게 된 시점부터 나운상은 그의 소유물이 되었다.

그 말은, 장차 천검신문의 태문주가 천하에 이름을 떨치게 될 때 나운상도 함께 명성을 날리게 된다는 것을 의미하는 것이다.

그녀는 아직 기개세에 대해서 아무것도 모른다. 오늘 보고 들은 것이 전부다.

아니, 그가 만점으로 대정숙에 입교했다는 사실을 알고 있지만 나운상도 만점자다.

만점으로 대정숙에 입교한 것은 대단한 일이지만, 천검신문의 태문주가 될 인물이라면 그 정도는 시작에 불과해야만 할 것이다.

'주군은 봉추다. 나는 주군을 보필하면서 함께 끝없이 성장할 것이다.'

나운상은 기개세에게 시선을 고정시킨 채 상상의 나래를 펴면서 입가에 희미한 미소를 떠올렸다.

그렇게 두 시진이 지날 때까지 아무 일도 벌어지지 않았다.

대정숙 내에서 사건 따위가 벌어질 리 없다. 나운상은 단지 최초로 주군을 호위하는 일을 오롯이 즐기고 있는 것인지도 모른다.

그러다가 깜빡 잠이 들었고, 그녀는 주군과 함께 절정고수가 되어 천하무림을 종횡무진 누비면서 협행을 하는 꿈을 실감나게 꾸었다.

가슴을 잔잔하게 적시는 황홀감과 흐뭇함 때문에 나운상의 입가에 살포시 미소가 지어졌다.

꿈속에서도 그녀는 자신이 미소를 짓고 있다는 사실을 생생하게 느꼈다.

그래서 그것 때문에 설핏 정신을 차렸다. 그리고 자신이 깜빡 잠이 들었다는 것과 여태까지의 흥미진진한 장면들이 모두 꿈이었다는 사실을 깨달았다.

그와 함께 허탈감이 밀물처럼 엄습했다.

‘그런 꿈을······.’

잠에서 막 깨어난 상태에서는 눈을 뜨더라도 잠시 동안 눈 앞의 사물이 흐릿하기 마련이다.

그녀는 눈의 초점을 모아 침상의 기개세를 바라보았다.

“······!”

순간 그녀의 두 눈이 커졌다.

기개세가 보이지 않았다. 그녀와 기개세 사이를 무엇인가 가로막고 있었기 때문이다.

그것은 온몸을 흑의로 감싼 사람의 형상을 하고 있었다. 괴한인 것이다.

나운상의 눈동자가 괴한이 위로 치켜든 오른손으로 빠르게 흘렀다.

그 손에 움켜쥐어져 있는 시퍼렇게 번뜩이는 한 자루 검을 발견한 순간 그녀의 커진 두 눈이 화등잔처럼 더 커졌다.

그녀의 뇌리를 스치고 지나는 제일감은 괴한이 기개세를 암살하려 한다는 사실이다.

그러나 그녀는 온몸이 얼어붙은 듯 꼼짝도 하지 못했다. 그뿐만이 아니라 입술도 벙긋하지 못했다.

완전히 잠이 깨지 않은 상태에서 발견한 광경 때문에 너무나 큰 충격을 받아 정신도 몸도 마비가 된 것이다.

촌각을 백으로 쪼갠 듯한 찰나지간, 두 사람이 같은 순간에 다른 행동을 취했다.

쉬익!

창!

괴한은 기개세를 향해 힘차고도 빠르게 검을 찔러 내렸고, 나운상은 어깨의 검을 뽑는 것과 동시에 괴한을 향해 번쩍 신형을 날렸다.

괴한은 처음에 침입했을 때 침상에서 일 장 반 거리의 벽 앞에서 나운상이 앉은 채 졸고 있는 것을 발견하지 못한 것이 분명했다.

그는 기개세를 향해 검을 찔러가는 도중에 움찔 놀라 뒤를 돌아보았다.

그러나 찔러 내리는 검을 멈추지도 멈출 생각조차 하지 않았다.

공격해 가고 있는 나운상은 돌아보고 있는 괴한의 얼굴을 쳐다보았다. 하지만 그는 복면을 하고 있었다.

푹!

괴한이 뒤돌아보는 바람에 약간 흔들리며 목표 부위를 약간 벗어난 검은 그대로 이불을 꿰뚫어 버렸다.

팩!

그리고 그 순간 나운상의 검이 괴한의 오른쪽 어깨에서 왼쪽 허리까지 길게 베었다.

만약 괴한이 뒤돌아보면서 상체를 비틀지 않았으면 검이 목을 잘랐을 것이다.

공격을 가하고 다시 재공격을 하기까지는 잠시의 틈이 생기기 마련이다.

허공중에 떠 있던 나운상은 바닥에 내려서면서 재빨리 자세를 바로 잡고 재공격을 가하려고 했다.

휘익!

그 순간 괴한은 뒷문을 향해 일직선으로 쏘아갔다.

와지끈!

그리고는 뒷문을 부수며 그대로 밖으로 뛰쳐나갔다.

나운상은 즉시 괴한을 뒤쫓아 쏘아갔다. 그러면서 그녀는 자신이 이 방에 들어오고 나서 뒷문을 잠그지 않았다는 사실을 깨달았다.

뒷문을 잠그지 않은 기개세더러 허술하다고 흉보더니 그녀 자신도 뒷문을 잠그지 않았던 것이다.

만약 그녀가 뒷문을 잠갔더라면 괴한이 침입하지 못했거나 침입을 하더라도 뒷문을 열기 위해서 약간의 기척을 내야 했을 것이다.

그랬으면 나운상은 기척에 깼을 테고, 괴한은 기개세를 시해하지 못했을 터이다.

나운상은 뒷문을 잠그지 않았으며, 호위하는 도중에 잠까지 자버리는 실로 치명적인 실수를 저질렀다.

뻥 뚫린 뒷문을 통해서 노대로 나선 그녀는 우뚝 멈춰 섰다.

간발의 차이로 뒤쫓았건만 괴한의 모습이 보이지 않았다.

그녀는 다급히 노대 주변과 지붕을 살펴보았으나 괴한의 모습이 보이지 않기는 마찬가지였다.

물로 뛰어드는 소리를 듣지 못했으므로 호수로 뛰어들지는 않았을 것이라는 생각을 하면서도 그녀는 급히 노대 아래 수면을 내려다보았다.

다음 순간 그녀는 눈을 좁히며 수면의 한곳을 뚫어지게 쏘아보았다.

달빛이 부서지는 수면이 미미하게 일렁거리고 있었다.

단지 그것뿐이다. 하지만 나운상은 눈도 깜빡이지 않고 수면을, 아니, 물속을 쏘아보았다.

그리고 발견했다. 수면에서 일 장쯤 아래쪽 물속에서 하나의 시커먼 물체가 빠르게 멀어지고 있으며, 그곳으로부터 검붉은 액체가 수면으로 흩뿌려지고 있는 광경을.

시커먼 물체는 괴한이고, 검붉은 액체는 그 괴한의 등의 상처에서 흘러나온 피가 분명했다.

"상 매, 무슨 일이야?"

뒷문이 부서지는 소리에 놀란 담신기가 옆방 노대로 뛰쳐나오다가 나운상을 발견하고 급히 물었다.

그 말에 나운상은 찬물을 뒤집어쓴 듯 번쩍 정신을 차렸다.

그리고 거짓말처럼 방금 전에 일어나 지금도 진행 중인 이 상황이 일목요연하게 머릿속에서 정리되었다.

그녀는 물속에서 멀어지고 있는 검은 물체를 가리키면서
빠르고 낮게 외쳤다.

"담 가, 저놈이 주군을 암살했어요! 잡아요!"

"암… 살."

담신기의 얼굴이 흑빛으로 변했다.

"어서! 그리고 정도고수에게 도움을 청해요!"

나운상은 얼어붙은 채 서 있는 담신기에게 다시 소리치고
는 기개세를 향해 달려들어 갔다.

담신기는 방금 나운상이 가리켰던 수면을 쳐다보았다.

그러나 잔잔한 수면만 있을 뿐, 아무것도 보이지 않았다.

아니, 수면이 미미하게 일렁였다.

그리고는 그 아래로 흐릿하고 시커먼 물체가 빠르게 앞으
로 나아가고 있으며, 그에게서 뿜어지는 검붉은 액체가 수면
에 퍼지고 있는 것이 보였다.

'저놈!'

파앗!

순간 담신기는 바닥을 박차고 시커먼 물체를 향해 비스듬
히 허공으로 솟구쳤다.

이어서 우렁차게 외쳤다.

"정도고수들은 암살자를 잡으십시오!"

차앙!

허공중에서 어깨의 검을 뽑은 그는 노대에서 삼 장쯤 이르

자 몸이 아래로 하강했다.

시커먼 물체가 빠르다고는 하나 허공을 나는 것보다 빠를 수는 없다.

그는 수면에 이르기 전에 몸을 잔뜩 굽혀 오른손으로는 검파를 잡고 왼손으로는 검첨을 잡아 수평으로 만들어 발아래에 갖다 댔다.

탕!

다음 순간 발끝으로 검신을 밟고 힘껏 튕기면서 재차 앞으로 쏘아나갔다.

슈욱!

일 장 전면 물속에 시커먼 물체가 유영하고 있는 것을 발견한 담신기는 그대로 비스듬히 내리꽂혔다.

바로 그때 능소당 각 방의 창문이 열리면서 능소지 친구들이 일제히 밖으로 쏟아져 나왔다.

그리고 그 직후에 인공 호수 사방에서 대정숙의 정도고수 수십 명이 횃불을 들고 달려왔다.

기개세의 침상으로 달려가 멈춘 나운상의 얼굴은 온통 비통함으로 물들었다.

자신이 주군을 첫 호위하는 날 결정적인 실수를 두 차례나 해서 이런 변고를 당했으니 지옥 불에라도 스스로 뛰어들고 싶을 만큼 자신이 저주스러웠다.

기개세는 두 눈을 부릅뜨고 오른손을 뻗어 괴한의 검파를 움켜잡은 채 위로 뽑아 올리고 있는 중이었다.

하지만 자신의 가슴에 깊숙이 꽂힌 장검을 뽑기에는 팔이 너무 짧았다.

"주군……."

그 모습을 본 나운상의 두 눈에 눈물이 가득 고이고 가슴이 찢어지는 듯 아팠다.

기개세가 죽지 않았다는 안도감과 자신으로 인해서 돌이킬 수 없는 상황이 만들어졌다는 사실 때문이다.

그녀는 검을 잡은 기개세의 손을 조심스럽게 치워내고 두 손으로 검을 잡아 조심스럽게 천천히 위로 뽑았다.

검이 뽑히자 이불이 금세 시뻘겋게 물들면서 선혈이 확 번지기 시작했다.

"운상, 연아를 살펴봐라. 숨을 쉬지 않는다."

솟구치는 눈물 때문에 앞이 보이지 않는 나운상의 귀에 기개세의 침착하고 조용한 목소리가 들렸다.

확!

나운상은 손등으로 눈물을 닦고 급히 이불을 젖혔다.

기개세 몸 위에 엎드려 있는 우연의 왼쪽 등에서 뭉클뭉클 샘물처럼 피가 솟구치고 있었다.

나운상은 즉시 우연의 몸을 젖혀서 기개세의 옆에 뉘었다.

그녀는 우연보다도 기개세의 부상 정도를 확인하는 것이

급선무였다.

기개세의 오른쪽 가슴 한가운데에서 피가 펑펑 솟구치고 있는 것이 보였다.

괴한은 필경 기개세의 심장을 겨누고 찔렀을 것이다.

그런데 검을 찌르는 순간에 나운상이 뒤에서 공격하자 뒤돌아보다가 검이 약간 흔들렸고, 그것이 기개세를 살렸다.

설사 그렇다고 해도 나운상은 조금도 마음의 위로를 받지 못했다.

그녀는 눈물을 닦기 위해서 또다시 손등으로 눈을 훔치고는 기개세의 가슴으로 손을 뻗었다.

"운상… 연아… 부터 봐라."

조용히 말하는 기개세의 말소리에 가래 끓는 소리가 그르렁거리면서 새어 나왔다.

나운상은 그가 폐를 다쳤다는 사실을 깨달았다. 폐가 찢어지면 숨을 제대로 쉴 수가 없고 말을 하면 거친 숨소리가 되어 나온다.

기개세가 우연부터 살피라고 한 말이 나운상 귀에 들릴 리가 만무했다.

그녀는 우연에게는 눈길조차 주지 않고 기개세의 상처 주변 몇 군데 혈도를 눌러서 일단 지혈을 시켰다.

"운상, 명령… 이다. 어서 연아를……."

기개세는 인상을 쓰면서 말하는데 그르렁거리는 소리가

심해서 뒷말은 무슨 말인지 알아듣기 어려웠다.

하지만 나운상은 그의 말이 무슨 뜻인지 알고 있었다. 그러나 그녀는 듣지 못한 듯 기개세의 상처에 손바닥을 활짝 펼쳐서 덮고는 부드러운 공력을 주입시켜 찢어진 폐를 치료하기 시작했다.

"유 형!"

"둘째 오빠!"

그때 방문이 부서질 듯이 거칠게 열리면서 진운상과 유정이 다급한 얼굴로 달려들어 왔다.

두 사람은 침상 위에 벌어진 상황을 발견하고 안색이 해쓱하게 변했다.

"오빠!"

기개세를 발견한 순간부터 눈물을 쏟아내기 시작한 유정은 비명처럼 그를 부르며 달려들었다. 그런 그녀의 눈에 우연이 보일 리가 없었다.

진운상은 크게 놀랐으나 기개세가 무사한 것을 확인하고는 즉시 우연을 살폈다.

"저리 비켜!"

오직 기개세밖에 보이지 않는 유정은 실성한 것처럼 힘껏 나운상을 밀쳐 냈으나 그녀는 꿈쩍도 하지 않고 기개세의 치료에 전념했다.

"정아… 운상이 치료하도록… 놔둬라……."

그때 기개세가 가래가 심하게 끓는 소리를 냈다.

"오빠……."

유정은 그의 머리맡에 앉아서 그의 손을 꼭 잡고는 비 오듯이 눈물만 흘렸다.

"연아는……?"

기개세는 줄곧 우연에게서 시선을 떼지 않은 채 중얼거리듯이 물었다.

우연을 살피던 진운상은 허리를 펴면서 착잡한 얼굴로 고개를 절레절레 가로저었다.

기개세 몸 위에 엎드려 있던 우연은 심장이 검에 관통당하고 말았다.

기개세의 두 눈에 짙은 그늘이 드리워졌다.

이어서 그는 눈을 지그시 감았다.

너무도 귀여운 우연의 모습이 감은 눈 속에서 아른거리며 망막을 자극했다.

"크윽… 연아……."

악다문 그의 입술 사이로 짓이겨진 신음이 새어 나왔다.

기개세의 상처를 치료하고 있는 나운상은 그의 몸이 부들부들 떨리는 것을 느꼈다.

第五十四章

미궁(迷宮)

大夫
대사·부

습격을 당한 이후부터 기개세의 표정은 줄곧 한 가지다.

돌덩이처럼 굳은, 아니, 무표정한 얼굴이다.

괴한이 찌른 검은 우연과 기개세의 몸을 완전히 관통했다.

그로 인해서 우연은 즉사했으며 기개세는 갈비뼈가 잘려지고 폐가 관통당하는 중상을 입었다.

결과적으로 담신기는 괴한을 잡지 못했다.

그가 물로 뛰어들자 괴한이 더 깊이 잠수하면서 무성한 수초 속으로 숨어버렸기 때문이다.

그렇지만 괴한은 도망치지 못했다. 백여 명의 정도고수들과 능소지 친구들이 인공 호수 둘레에 몇 걸음 간격으로 서서 지키고 있어서 빠져나갈 수가 없었다.

아마도 괴한은 피를 너무 많이 흘렸거나 질식해서 죽은 듯했다. 하지만 시체가 떠오르지 않아서 그의 죽음을 확신할 수가 없었다.

동이 트자마자 수많은 정도고수들이 물속으로 뛰어들어 샅샅이 뒤지기 시작했다.

인공 호수는 그리 크지 않으나 수심이 깊고 바닥은 긴 수초로 뒤덮였으며, 둘레는 연꽃이나 수련, 갈대 등이 밀생하고 있어서 수색이 쉽지 않았다.

그러나 결국 늦은 오후 무렵에 수초 속에 가라앉아 있는 통통 분 시체 한 구를 건져 냈다.

시체는 제일 먼저 기개세에게 보여졌다.

짙은 흑의 경장을 입고 이십대 초반의 나이에 강직한 인상인데, 기개세로서는 처음 보는 얼굴이다.

능소당 대연공실의 석대 위에 눕혀진 시체는 능소지 친구들도 알아보지 못했다.

대연공실에는 기개세와 능소지 친구들을 비롯하여 정경장로와 정경총령까지 와 있었다.

기개세는 나운상의 부축을 받고 있었다. 유정과 손진이 그를 부축하려고 하자 나운상이 하도 서슬이 시퍼렇게 물리치는 바람에 그녀들은 기개세 곁에 다가갈 엄두조차 내지 못하는 형편이었다.

능소지에 가입한 지 채 하루도 안 되는 그녀가 도대체 무엇 때문에 그러는 것인지, 또한 기개세마저도 어째서 그것을 묵인하는 것인지 능소지 친구들은 이해할 수가 없었다.

하지만 지금은 그런 것을 따질 게재가 아니라서 참고 있는 것이다.

기개세는 중상을 입었으나 나운상의 빠르고도 완벽한 치료가 주효해서 생명에는 지장이 없었다.

하지만 찢어진 폐를 공력으로 간신히 접합해 놓은 상태라서 한동안 누워서 정양을 해야 했다.

그런데도 부축을 받아 움직이고 있으니 나운상과 담신기, 능소지 친구들은 그가 잘못되기라도 할까 봐 극도로 긴장한 표정으로 그에게서 시선을 떼지 못하고 있었다.

정경장로는 시체에서 시선을 거두고 기개세를 쳐다보았다.

기개세는 석대 옆에 서서 시체에 시선을 고정시킨 채 꼼짝도 하지 않고 있다.

나운상은 기개세의 왼쪽에 서서 그의 왼팔을 자신의 어깨에 걸치고 팔을 뻗어서 그의 허리를 부드럽게 안고 있는 자세로 부축하고 있었다.

그녀는 기개세보다 한 뼘 반 정도 작은 키라서 그가 팔을 어깨에 걸치니까 편한 자세가 되었다.

남들이 보기에는 기개세가 자신의 두 발로 서 있는 것처럼 보이지만 실상은 나운상의 힘에 의해서 서 있을 뿐이었다.

기개세를 쳐다보고 있는 정경장로는 묘한 표정을 지었다.

'대체 누가, 무엇 때문에 저 아이를 죽이려고 하는 것인가?'

기개세가 습격을 당한 것은 이번이 두 번째다.

첫 번째에는 팔을 심하게 다쳤으며, 그것이 아물기도 전에 두 번째로 암습을 당해서 폐를 관통당했다.

정경장로는 누군지 알 수 없는 자로부터 기개세에 대한 습격이 앞으로도 지속될 것이라는 예감이 들었다.

아마도 기개세가 죽어야지만 습격은 끝날 것이다.

"유영 생도."

정경장로가 조용히 불렀으나 기개세는 듣지 못한 듯 시체에만 시선을 고정시키고 있다.

우연의 갑작스러운 죽음은 그에게 너무도 큰 충격을 안겨 주었다.

그는 지금도 우연의 죽음이 실제로 일어난 일이라고 믿어지지 않았다.

지금이라도 우연이 저 문을 열고 들어와서 짤랑짤랑하게 웃으며 자신에게 안기거나 업힐 것이라는 생각이 들었다.

정경장로의 부름을 기개세가 듣지 못했으나 그를 일깨워 주려는 사람은 아무도 없었다.

그리고 정경장로도 다시 그를 부르지 않았다.

약간의 침묵이 더 흐른 후에 기개세가 여전히 시체에 시선을 고정시킨 채 혼잣말처럼 중얼거렸다.

"시체를 정법고수들에게 보여보십시오."

실내에서 그가 존대를 할 만한 사람은 정경장로와 정경총령뿐이다. 그러므로 그 말은 두 사람에게 한 것이 분명하다.

정경장로는 기개세의 말뜻을 즉시 알아차리고 속으로 나직한 감탄사를 터뜨렸다.

'아!'

정경장로는 시체가 누구인가에 대해서 곰곰이 생각했으나 답이 나오지 않았었다.

다만 기개세를 죽이려는 암중의 인물이 또다시 길상만교나 다른 청부 조직에 청부하여 그를 죽이려 했을 것이라고만 추측할 뿐이다.

그런데 기개세의 말은 정경장로의 답답하던 마음을 단번에 풀어주었다. 동시에 그를 착잡하게 만들었다.

시체를 정법고수에게 보이라는 말에는 두 가지 뜻이 내포되어 있었다.

첫째, 대정숙의 경계가 너무도 삼엄하기 때문에 외부인이 침입하여 암습까지 한다는 것은 사실상 불가능하다.

둘째, 그렇기 때문에 암습자는 내부인, 즉 대정생도일 가능성이 크며, 생도들과 밀접한 관계에 있는 정법고수들에게 보이면 그가 누군지 알 수 있을 것이라는 뜻이었다.

정경장로는 정경총령에게 명령했다.

"즉시 각 전의 정법장령들을 모아서 시체를 보이도록 하게."

정경총령이 밖에서 대기하고 있던 정경고수들을 불러서 시체를 옮기게 하고 지시를 하는 동안 정경장로는 기개세에게 넌지시 말했다.

"자넨 나 좀 보게."

기개세와 나운상, 담신기, 정경장로는 기개세가 자주 사용하던 연공실로 들어갔다.

기개세는 나운상의 부축을 받아 바닥에 앉았고, 그 앞에 정경장로가 마주 보고 앉았다.

정경장로는 기개세 뒤 양쪽에 우뚝 서 있는 나운상과 담신기를 쳐다보았다.

"자네들은 나가보게."

그러나 두 사람은 꿈쩍도 하지 않았다.

"그들은 괜찮으니 하실 말씀이 있으면 하십시오."

대정생도가 정경장로의 말을 거역한다는 것은 있을 수 없는 일이다.

하지만 정경장로는 그것을 문제 삼지 않고 기개세를 보며 말문을 열었다.

"왜 자네를 죽이려고 하는지 이제는 말해줘야겠네."

잠시 침묵이 흘렀다. 정경장로는 이번에는 장로회의를 소집하겠다는 식으로 윽박지르지 않았다.

기개세에겐 그런 것이 통하지 않으며, 만약 그럴 경우에는 더 안 좋은 상황이 전개될지도 모른다는 생각이 들었기 때문이다.

기개세는 잠시 동안에 많은 것을 생각했다.

계속 대정숙에서 교육받는 것을 고집해야만 하는가. 그럴 경우에는 천검사영이나 천검사호문의 호위를 받을 수가 없어서 계속 위험에 노출될 것이다.

그는 아직 미완성의 단계이기 때문에 괴한의 암습을 스스로 감당할 능력이 없다.

하지만 그는 대정숙에 있고 싶다. 그것은 순전히 개인적인 욕심이다.

그의 십칠 년 길지 않은 생애 중에서 대정숙에서의 생활 같은 경험은 단 한 번도 없었다.

이곳은 그에게 전혀 새로우면서도 흥미진진한 신세계다.

대정숙의 모든 것들은 그의 안계를 넓혀주고, 머리를 채워주며, 무엇보다 중요한 것은 밝은 기상과 정정당당함, 그리고 사나이의 기개를 무한정 배울 수 있다는 사실이다.

그는 천검사호문의 문주들을 만나기 전에는 그저 대정숙을 수료하고 싶다는 막연한 마음뿐이었다.

수료를 하고 난 이후에 무엇을 어떻게 해야겠다는 뚜렷한 목표도 없었다.

그러나 자신이 전설의 천검신문 태문주 후계자라는 사실을 알고 난 이후에는 대정숙을 수료해야만 할 중요한 이유가 생겼다.

천검신문 태문주라는 지위는 단지 무공이 고강하기만 해서는 안 될 것이다.

무공 외에도 지혜와 용기, 덕망, 정의, 인애(仁愛) 등을 두루 갖추어야만 한다.

다시 말해서 태문주가 되기 전에 반드시 진정한 사나이, 즉 대장부(大丈夫)가 되어야 하는 것이다.

예전의 그였다면 스스로 대장부라고 자부했을 테지만, 대정숙에 와서 보니까 자신이 대장부는커녕 속되기 짝이 없는 소인배라는 사실을 뼈저리게 깨달았다.

그리고 그 직후에 천검사신위를 만나 자신이 얼마나 막중한 신분인지를 알게 되었었다.

그래서 그는 자신이 천검신문의 진정한 후계자로서의 덕목을 길러야겠다고 다짐했다.

그러기 위해서는 대정숙보다 좋은 스승이 없다. 그것이 그가 대정숙을 반드시 수료하겠다고 마음을 먹은 근본적인 이유인 것이다.

그가 그런 각오를 천검사신위에게 말하지 않은 이유는 참으로 단순했다. 현재 자신의 모습이 너무나 초라해서 부끄러웠던 것이다.

그렇지만 머지않은 장래에 자신의 달라진 모습을 모두에게 보여줄 수 있다는 위안이 힘이 되어주었다.

그런데 이제는 반드시 대정숙에 있어야 할 또 하나의 이유가 생겼다.

지금 포기하고 나가면 '보이지 않는 적'과의 승부에서 패하게 된다는 묘한 승부욕이 그것이었다.

정경장로는 기개세를 재촉하지 않고 그가 대답하기를 묵묵히 기다렸다.

기개세는 잠시 동안 생각에 잠겼다가 고개를 들고 정경장로를 똑바로 주시했다.

일개 대정생도가 대정숙의 최고 우두머리 중 한 명인 장로를 정면으로 주시하는 경우는 흔하지 않다.

정경장로는 기개세를 마주 쳐다보았다. 그렇지만 그는 기개세가 조금도 건방지거나 무례하다는 생각이 들지 않았다.

기개세는 폐를 크게 다쳤기 때문에 숨을 쉬기만 해도 가슴의 통증이 극심해서 중얼거리듯이 나직이 입을 열었다.

"말씀드릴 수 없습니다."

그의 말투는 정중하지만 단호했다.

"나는 반드시 알아야겠네."

정경장로는 이대로 물러서지 않겠다는 것을 어조와 표정으로 나타냈다.

기개세는 입을 꾹 다물고 지그시 눈을 감았다. 그보다 더 확고한 거부의 의사표시는 없을 것이다.

"장로의 권한으로 자네를 퇴교시킬 수도 있네."

결국 정경장로는 더 이상 물러날 수 없는 배수진(背水陣)을 쳤다. 장로회의 소집 정도가 아니라 아예 내치겠다는 뜻이다.

"그럴 수 없습니다."

기개세는 눈을 뜨지 않고 있는데, 나운상이 냉정한 목소리로 자르듯이 말했다.

정경장로는 기개세의 뒤에 서 있는 나운상을 쳐다보았다.

"장로가 생도를 퇴교시킬 수 없다는 말인가?"

"아닙니다."

"그렇다면 방금 그 말은 무슨 뜻인가?"

"장로께서 이분을 퇴교시킬 수 없다는 뜻입니다."

"이분?"

정경장로는 이해할 수 없다는 표정으로 기개세를 쳐다보았다가 다시 나운상을 쳐다보았다.

"유영 생도는 낙성검가의 차남이 아니던가?"

"맞습니다."

"그런데 자네가 어째서 그를 공경하는 것인가?"

"저는 이분의 종이기 때문입니다."

나운상은 거침없이 대답했다.

"종이라?"

정경장로는 나운상이 설마 그런 대답을 할 줄은 미처 예상하지 못했기에 적이 놀라는 표정을 지었다.

그는 문득 조금 전에 나운상이 기개세를 부축했던 것과 그녀와 담신기가 이곳까지 따라 들어와서 나가지 않고 기개세 뒤에서 마치 호위하고 있는 듯한 자세를 취하고 있는 것을 깨달았다.

그는 담신기를 쳐다보았다.

"자네도 유영 생도의 종인가?"

"그렇습니다."

담신기는 정경장로를 쳐다보지도 않고 정면을 주시하며 단단한 어조로 대답했다.

정경장로는 괴한들이 왜 기개세를 죽이려는지 알아내려다가 다른 의문이 하나 더 생겼다.

그것을 짐작했는지 나운상이 쐐기를 박듯 조용하면서도 강경한 어조로 말했다.

"원래대로라면 정경장로님은 이분 앞에 앉을 수도, 마주 쳐다볼 수도 없습니다."

정경장로 얼굴에 어이없다는 표정이 떠올랐다.

"유영 생도가 신이라도 된다는 말인가?"

"그렇습니다."

나운상의 대답은 이번에도 거침없었다.

"허어, 이거야 원……."

그때 기개세가 눈을 감은 채 조용히 입을 열었다.

"그쯤 해라, 운상."

나운상은 공손히 허리를 굽히고 정경장로에게서 시선을 거두었다.

기개세는 눈을 뜨고 정경장로를 쳐다보며 조용히 말했다.

"우리는 적이 아닙니다."

뚱딴지같은 말이다. 그러나 기개세를 보던 정경장로는 가볍게 움찔했다. 기개세의 모습이 마치 열반의 경지에 오른 고승 같았기 때문이다.

그러나 눈을 깜빡이고 다시 보자 기개세는 그저 담담한 표정을 짓고 있을 뿐이다.

"가자."

기개세가 중얼거리자 나운상과 담신기가 양쪽에서 조심스럽게 그를 부축해서 일으킨 후 나운상이 혼자 그의 팔을 자신의 어깨에 걸치고 밖으로 향했다.

기개세의 뒷모습을 쳐다보는 정경장로의 표정이 복잡하게 변했다.

'우리는 적이 아니다' 라는 기개세의 말이 머릿속에서 계속 맴돌았다.

그가 기개세에게 대정숙에서 퇴교시키겠다고 한 것은 결코 말로만 하는 협박이 아니었다.

그리고 그에게는 그 정도의 능력이 있으며, 기개세에겐 그
럴 만한 죄목이 있었다.

하지만 지금 정경장로는 기개세를 퇴교시킬 마음이 깨끗
이 사라졌다.

나운상의 엄포 때문이 아니다. 또한 기개세가 강북천봉 나
운상과 팔세영웅의 발장 담신기를 종으로 거느리고 있다는
사실 때문도 아니다.

조금 전에 보았던 기개세의 고고한 모습 때문이다.

정경장로는 자신이 본 것을 착각이라고 생각하지 않았다.
그는 분명히 기개세의 그런 모습을 보았다.

기개세가 막 연공실 문을 나설 때, 정경장로는 그의 등에
대고 말했다.

"내가 어떻게 하면 되겠나?"

"도움이 필요하면 말씀드리겠습니다."

기개세는 뒤돌아보지 않은 채 말하고는 나가 버렸다.

"길상만교인가요?"

나운상이 확인하듯 묻자 기개세는 가볍게 고개를 끄덕였
다.

그녀가 담신기를 쳐다보자 그는 가볍게 고개를 끄덕여 보
이고는 즉시 밖으로 나갔다.

나운상은 담신기를 눈으로 좇다가 시선을 거두고 기개세

에게 공손히 설명했다.

"방금 주군께서 하신 말씀을 정등장령을 통해서 대정숙 밖에 계신 천검사신위 네 분에게 알리려는 거예요."

기개세는 탁자 앞 의자에 앉아서 물끄러미 침상을 응시하면서 아무런 반응을 보이지 않았다.

그래도 나운상은 설명을 계속했다. 의무이기 때문이다.

"저도 이번에 알게 된 사실이지만, 대정숙 내에는 천검사호문 사람이 몇 명 있어요. 정등장령은 그중 한 명이에요. 하지만 그들을 이런 상황에 사용하게 될 줄은 몰랐다는군요."

대정숙은 명문정파 출신인 동시에 대정숙을 수료한 대정고수 중에서 정도고수를 선발하는데, 천검사호문 사람들도 다수 속해 있는 것은 그리 이상한 일이 아니었다.

기개세 옆에 서 있는 나운상은 그가 침상을 바라보면서 죽은 우연을 생각하고 있을 것이라고 짐작했다.

그가 우연을 데리고 자지 않았으면 그녀는 죽지 않았을 것이라고, 아마도 그는 그것을 후회하고 있을 터이다.

나운상이 기개세를 만난 이후에 처음 알게 된 사실은, 그가 장난이 매우 심하고 노는 것을 좋아한다는 것뿐이었다.

그리고 이제 두 번째로 알게 된 것은 그가 매우 정이 깊은 사람이라는 사실이다.

그밖에는 그에 대해서 아는 것이 없다. 이제부터 하나씩 차근차근 알아나가야 할 것이다.

　그러다 보면 필경 그가 어째서 천검신문 태문주 후계자로 선택되었는지 이유를 알 수 있게 될 것이다.

　그때 기개세가 독백처럼 중얼거렸다.

　"연아는 우지화와 우림의 막내 동생이다."

　'아!'

　나운상은 속으로 탄성을 터뜨렸다. 어젯밤 술자리에서 나운상은 기개세에게 온 정신을 쏟고 있어서 우연이 자기를 소개할 때 건성으로 들었었다.

　그런데 그녀가 천검사호문의 하나인 취봉문 문주의 막내 여동생이었다니 놀라움을 금치 못했다.

　"운상아."

　그녀가 놀라고 있을 때 기개세가 조용히 불렀다.

　"상이라고 부르세요."

　그렇게 불쑥 말해놓고 나운상은 실언했음을 깨달았다. 주군이 그녀를 어떻게 부르든 그것은 그의 마음인 것이다.

　그러나 기개세는 개의치 않고 말을 이었다.

　"나는 여자를 좋아한다."

　뜬금없는 말에 나운상은 움찔했다.

　"왜 좋아하는지는 나도 모른다. 예쁜 여자만 보면 만지고 싶고 같이 자고 싶다."

　나운상은 기개세에게서 이런 말을 듣게 될 줄은 몰랐다. 하지만 그가 자신에게 고백을 하는 것이라고 생각하자 그 말의 내용을 떠나서 기분이 좋았다.

"하지만 연아는 여자로서가 아니라 누이동생처럼 귀여워서 좋아했었다."

그랬을 것이라고 나운상은 생각했다.

"그런데 연아가 나 때문에 죽었다."

"주군 때문이 아니라 괴한이 그녀를 죽였어요. 그곳에 우연이 있었을 뿐이에요."

기개세는 나운상의 말을 무시했다.

"앞으로 내가 여자를 침상에 끌어들이려고 하면 그 즉시 네가 나를 죽여라."

남자보다 더 철석간담을 지닌 나운상이지만 그 말에는 눈을 동그랗게 뜨면서 놀랄 수밖에 없었다. 기개세가 설마 그렇게까지 말할 줄은 몰랐다.

"상아, 알았느냐?"

"누구라도 말인가요?"

"그렇다."

나운상은 차분히 가라앉은 얼굴로 말했다.

"저는 제외해야 합니다."

기개세가 쳐다보자 그녀는 단호한 표정을 지었다.

"저는 주군의 그림자예요. 항상 곁을 지켜야 하기 때문에 때로는 그 장소가 침상일 수도 있어요."

기개세는 고개를 끄덕였다.

“알았다.”

나운상은 잠시 침묵하다가 조심스럽게 입을 열었다.

“죄송하지만… 호위에 꼭 필요한 질문을 드리겠어요.”

그녀는 기개세의 대답이 없는 것을 허락으로 받아들였다.

“주군께선 능소지의 손진하고 어떤 사인가요?”

“무슨 뜻이냐?”

기개세가 무표정하게 되물었다.

“손진과 잤나요?”

기개세는 나운상에게서 시선을 거두었다.

“안 잤다.”

나운상은 조금 더 용기를 냈다.

“강남천궁 소옥군하고는 잤습니까?”

“잤다.”

얼마 전에 기개세는 한 침상에서 소옥군, 소랑과 셋이서 함께 잔 적이 있었다. 물론 서로 안고 자기만 했을 뿐, 정사는 하지 않았다.

기개세가 소옥군과 잤다는 말에 나운상은 자신도 모르게 살짝 미간을 좁혔다.

가슴속에서 무엇인가 꿈틀거리는데 그것이 무엇인지 그녀도 알지 못했다.

“이후 주군께서 소옥군 소저와 동침을 하신다고 해도 명령을 실행하나요?”

그렇게 묻는 나운상의 목소리가 조금 전보다 약간 냉정해
졌으나 기개세는 무시했다.

"그렇다."

"알겠어요."

나운상은 문득 두 번쯤 마주친 적이 있는 소옥군의 아름다
운 모습이 떠올랐다.

기개세와 소옥군이 연인 사이라는 것은 대정숙 내에 이미
소문이 파다한 사실이다.

그러므로 두 사람이 정사를 했다고 해도 조금도 이상한 일
이 아니다.

"주군과 소옥군 소저는 어떤 관계인가요?"

"그녀는 내 마누……."

기개세는 생각없이 곧바로 튀어나오려는 말을 삼켰다.

우연의 죽음을 계기로 그의 여성관은 크게 변했다. 그중 하
나가 자신 때문에 주변의 여자들이 큰 피해를 당할 수도 있기
때문에 되도록 여자들을 멀리해야 한다는 각오였다.

"옥군은 나하고 아무 상관이 없다."

기개세는 그렇게 말하면서 소옥군을 유일한 자신의 여자
로 맞이하려던 마음마저 접으려고 애를 썼다.

"그렇지만 소옥군 소저는 얼마 전까지만 해도 능소지의 일
원이지 않았나요?"

나운상은 소옥군이 기개세와 정사를 했고 또 특별한 관계

라고 생각하여 '소저' 라는 호칭을 사용했다.

"그녀는 능소지를 탈퇴했다."

문득 나운상의 입가에 희미한 미소가 걸렸다가 곧 사라졌다.

하지만 그녀는 자신이 미소를 지었다는 사실을 미처 깨닫지 못했다.

"알았어요."

문득 기개세는 고개를 돌려 자신의 옆에 서 있는 나운상을 올려다보았다.

그의 시선을 받은 나운상의 몸이 부지중 경직됐고, 정신은 바짝 긴장했다.

"앉아라."

기개세는 탁자 맞은편을 턱으로 가리켰다.

"괜찮아요."

나운상은 감히 앉을 수가 없어서 그냥 서 있었으나 잠시 후에는 앉아야만 했다.

기개세가 재차 앉으라고 말하지 않았으나 오히려 그의 침묵이 나운상을 압박했기 때문이다.

그녀는 상체를 곧추세우고 꼿꼿하게 앉아서 기개세를 쳐다보지 못하고 눈을 내리깔았다.

그런데 잠시 동안 기다려도 기개세가 아무 말도 하지 않아서 조심스럽게 그를 바라보았다.

그녀가 본 기개세는 무언가를 망설이는 듯했다. 그녀는 다시 눈을 내리깔고 그가 입을 열기를 가만히 기다렸다.

그러고서도 열 호흡쯤 지난 후에야 기개세는 약간 억눌린 듯한 어조로 말문을 열었다.

“나는… 여자하고 관계를 맺어본 적이 없다.”

그가 과연 무슨 말을 할까 이리저리 생각하던 나운상은 전혀 뜻밖의 말에 적이 놀라 그를 똑바로 쳐다보았다.

기개세는 나운상과 눈이 마주치자 슬쩍 외면을 하면서 말을 이었다.

“무슨 말인지 아느냐?”

그가 굳이 ‘관계’라는 말을 쓴 이유는 여자들과 자본 적이 많기 때문이다. 그러므로 ‘자본 적이 없다’라는 말은 성립이 되지 않는 것이다.

나운상은 애매한 표정을 지었다.

“하지만 주군께선 소옥군 소저하고 잤다고 말씀하시지 않았나요? 그것은…….”

“말 그대로 한 침상에서 잔 것뿐이다. 연아처럼.”

“아…….”

나운상의 입에서 자신도 모르게 나직한 탄성이 새어 나왔다.

그와 동시에 그녀의 가슴속에서 무엇인가 꿈틀거렸다.

조금 전에 기개세가 소옥군과 잤다고 말했을 때에도 가슴이 꿈틀거렸으나 그때는 그것이 무엇인지 몰랐다.

그리고 같은 꿈틀거림이지만 조금 느낌이 달랐다. 조금 전 것은 차가웠고 지금 것은 따스했다.

또한 그 꿈틀거림이 무엇인지 이제는 알 듯했다.

첫 번째 것은 '질투' 고 두 번째 것은 '안도' 였다.

그렇지만 나운상은 자신이 기개세에게 그런 반응을 보이는 것에 대해서 이상하게 생각하지 않았다.

그녀는 지금부터 죽는 순간까지 온전히 주군, 즉 기개세의 소유물로서 일생을 그에게 맡겨야만 한다.

다시 말해서 그녀에게 남자란 오직 기개세가 유일무이한 존재라는 뜻이다. 그러므로 그에게 이성을 느끼는 것은 당연한 일이다.

나운상은 기개세가 무엇 때문에 자신이 숫총각, 즉 동정이라고 고백한 것인지 이유를 찾아보려고 애썼다.

"내 무공은 보잘것없어서 너와 싸워도 패할 것이다."

그런데 기개세가 이번에는 여자가 아니라 자신의 무공 수준에 대해서 말했다.

나운상은 기개세를 빤히 주시했고, 반대로 기개세는 차츰 담담한 표정을 되찾으며 말을 이었다.

"또한 나는 한 남자, 아니, 한 명의 인간으로서도 부족함이 많은 편이다."

기개세가 거기까지 말했을 때 나운상은 그가 무엇 때문에 그런 말을 하는지 이유를 생각해 내려는 것을 포기했다. 들을수록 알쏭달쏭했기 때문이다.

"사실 나는 얼마 전까지만 해도 인간 말종이었다. 내가 살던 곳에서는 나를 '개망나니' 라고 불렀지."

그로서는 실로 하기 어려운 말까지도, 그리고 누구에게도 해본 적이 없는 말을 하나둘씩 털어놓았다.

나운상은 주군의 입을 통해서 그의 신상에 대해 처음 알게 되면서 당혹함을 금치 못했다.

그가 그런 말을 한다는 것도 당혹스럽지만, 그가 그렇게 형편없는 인간이었다는 사실이 훨씬 더 당혹스러웠다.

"그런 내가 어느 날 갑자기 생각하지도 못했던 천검신문의 문주가 되어 장차 천하를 구해야 하는 막중한 사명을 부여받았다."

주군에게 이런 말까지 들어야 하는 나운상은 황송한 생각이 들어 몸 둘 바를 몰라 했다.

"주군, 이제 그만 말씀을 거두시는 것이⋯⋯."

"상아."

기개세가 상체를 쭉 펴면서 자신을 주시하자 나운상은 바짝 긴장했다.

"네, 주군."

"나를 도와다오."

"⋯⋯."

"이처럼 보잘것없는 내가 천검신문의 반듯한 태문주가 될 수 있도록 네가 도와다오."

"아⋯⋯."

"현재로선 너에게 의지할 수밖에 없다. 나 혼자서 하기에는 벅차구나."

"주군⋯⋯."

나운상은 머릿속과 심장에서 천둥소리와 개벽 소리가 터지는 것을 느꼈다.

기개세는, 아니, 나운상의 하늘같은 주군은 자신의 모자란 점들을 솔직하게 남김없이 고백하고는 그녀에게 도움을 요청하고 있는 것이다.

그로 인해서 나운상은 뭐라고 표현할 수 없을 만큼 커다란 감동을 받았다.

주군이 자신의 부족한 점들을 애써 감추려고 했다면, 그래서 나운상이 그를 호위하는 동안 그것들을 하나씩 알게 되었다면, 그에 대한 존경심이 차츰 퇴색됐을 것이다.

그런데 그가 반대로 자신의 진면목을 적나라하게 고백하고서 도움을 청하자 나운상은 오히려 그가 훌륭한 사람으로 보이기 시작했다.

자신의 약점을 감추는 것은 쉬운 일이나 솔직하게 털어놓는 것은 어려운 일이다.

더구나 아랫사람에게 고백하는 것은 아무나 할 수 있는 일이 아닌 것이다.

나운상이 자신의 얼굴에 어떤 표정이 떠올랐는지도 모른 채 감격하고 있을 때, 기개세는 그녀를 응시하며 조용한 목소리로 물었다.

"상아, 나를 도와주겠느냐?"

그러자 나운상은 자신도 모르게 벌떡 일어나 옆으로 한 걸음 나와 그 자리에 납작하게 부복했다.

"속하 몸이 가루가 되는 한이 있어도 미력하나마 견마지로(犬馬之勞), 주군의 보탬이 되겠습니다."

잠시가 지나도록 기개세가 아무런 말이 없자 나운상은 조심스럽게 고개를 들었다.

"……"

그리고 그녀는 기개세가 빙그레 온화한 미소를 짓고 있는 것을 발견했다.

그 미소는 나운상이 그를 만난 이후로 한 번도 본 적이 없는 따스하고 진실된 정을 듬뿍 담고 있었다.

눈이 마주쳤는데도 그녀는 그의 미소가 너무도 아름답고 온화해서 그 자리에 얼어붙은 듯 고개를 숙이지 못했다.

"고맙다, 상아."

"별말씀을……"

"이런 말을 누군가에게 한 것은 처음이다. 하지만 다 털어놓고 나니까 속이 무척 후련하구나."

나운상은 주군의 그런 말을 처음 들은 '누군가'가 자신이라는 사실에 놀라고 또 감읍했다.

다시 이마를 바닥에 댄 그녀의 두 눈에서 뜨거운 눈물이 솟구쳤다.

그러면서 그녀는 이런 주군을 위해서라면, 목숨이 천 개라면 천 개를 다 바쳐도 아깝지 않을 것이라는 생각을 했다.

"일어나서 앉아라."

기개세가 부드럽게 말하자 나운상은 엎드린 채 눈물을 닦고는 조심스럽게 일어나 다시 의자에 앉았다.

"내게 물어볼 것이 있느냐?"

기개세가 그렇게 묻기 전에는 궁금한 것이 하나도 없었는데, 막상 그 말을 듣고 나니까 몇 가지 궁금한 점이 불현듯 생각났다.

"주군께선 전대 태문주께 무엇을 물려받으셨나요?"

당돌한 질문이다. 이런 분위기가 아니라면 언감생심 꿈도 꾸지 못할 질문이 아닐 수 없다.

하지만 기개세는 그녀를 추호도 나무라지 않고 기탄없이 말해주었다.

"태문주가 익혀야 할 천신록을 물려받았다."

말로만 들었던 절대자의 절학인 '천신록'이라는 말을 듣자 나운상은 갑자기 피가 뜨거워지는 것을 느꼈다.

기개세는 어깨에 메고 있는 검을 툭, 쳐 보였다.

"그리고 절대신검을 받았지."

"아……."

나운상은 꿈을 꾸는 듯한 얼굴로 기개세 어깨의 검을 바라보았다.

천하의 모든 무기 중에서 가장 뛰어나다는 만병지왕 절대신검을 그녀는 지금 눈앞에서 보고 있는 것이다.

척!

"보겠느냐?"

기개세가 절대신검을 풀어서 내밀자 나운상은 화들짝 놀라서 자지러지는 표정을 지었다.

"어… 어찌 감히……."

"괜찮다."

기개세가 절대신검의 복판을 한 손으로 잡고 수평으로 쭉 내밀자, 나운상은 '어찌 감히'라고 말해놓고서도 이끌리듯 두 손을 뻗고 있는 자신을 의식하지 못했다.

나운상은 지난 이천삼백여 년 동안 여덟 명의 천검신문 태문주의 손을 거치면서 천하무림을 지켰던 전설의 절대신검을 살피고 또 쓰다듬으면서 감격에 몸을 떨었다.

그러면서 그녀는 시간이 지나면서 지금 이 순간을 기억하며 더욱 감격하게 될 것이라는 생각이 들었다.

나운상이 절대신검을 받기는 했으나 감히 뽑지 못하고 감격에 찬 눈빛으로 이리저리 살펴보고 있을 때 기개세가 담담하게 설명했다.

"절대신검을 알아보는 사람이 많아서 내가 색칠을 했다."

그는 나운상이 공손히 돌려주는 절대신검을 받아 어깨에 다시 메면서 설명을 계속했다.

"그리고 나는 사부님의 내단을 복용했다."

"내단을……."

나운상은 놀라서 자신도 모르게 눈을 동그랗게 떴다.

"천신록에 수록되어 있는 천궁신결로 내단을 녹이고 있는데 아직 일 할도 채 녹이지 못한 것 같다."

사실 기개세는 자신이 복용한 내단에 얼마 정도의 공력이 담겨 있는지 알지 못한다.

나운상은 천검신문의 태문주가 후계자에게 자신의 내단을 물려준다는 말은 처음 들었다.

내단은 아무나 남길 수 있는 것이 아니다. 최소한 이 갑자 이상의 공력을 지녀야만 그것을 응집시켜서 하나의 내단으로 만들어낼 수 있는 것이다.

그녀는 대정숙 대정오로의 공력이 이 갑자에서 이 갑자 반, 즉 백이십 년에서 백오십 년 수준인 것으로 알고 있다.

전설의 천검신문 태문주의 공력은 그보다 훨씬 높을 것이다.

그것을 기개세가 고스란히 물려받았다는 것이니 어찌 놀라지 않을 수 있겠는가.

나운상은 아연실색한 표정으로 기개세를 바라보았다.

그가 내단을 모두 용해시킨다면 전대 태문주의 것에 자신의 것을 더한, 실로 어마어마한 미증유의 공력을 지니게 될 것이다.

거기에 천신록의 철학을 연마하고 절대신검으로 무위를 발휘한다면…….

나운상은 거기까지만 상상했다. 더 이상은 가슴이 벅차서 상상할 수가 없었다.

조금 전에 들은 기개세의 고백 같은 것은 아무래도 상관이 없다.

그는 천검신문의 대를 이을 후계자가 분명했다. 그리고 자격도 넘친다.

이후에 기개세는 나운상을 한 번 더 경악하게 만들었다.

자신이 만년혈천수와 만년옥정유를 복용했다는 사실까지 말해준 것이다.

나운상은 천검신문의 구대문주이며 태문주의 후계자하고 긴밀한 관계가 된 그날을 영원히 잊지 못할 것이다.

第五十五章

우물(尤物)의 욕정

대사부 大夫

놀라운 결과가 나왔다.

정법고수들이 기개세를 습격한 괴한을 알아본 것이다.

그런데 믿을 수 없게도 그자는 대정생도였으며, 대정십등 중 최상위인 갑생도였다.

그자의 이름은 남궁엽(南宮燁)이고, 과거 무림오대세가로 명성을 날렸던 남궁세가의 넷째 아들이다.

또한 그자 남궁엽은 대정숙 오청반의 하나인 오대군림에 속해 있었다.

그리고 오대군림의 발장인 남궁산(南宮山)은 남궁엽의 형이며 남궁세가의 맏아들이다.

오대군림 발장 남궁산은 그 즉시 정경장로에게 불려갔다.

하지만 그에게서는 아무것도 알아내지 못했다. 그조차도 동생 남궁엽이 무엇 때문에 기개세를 죽이려고 했는지 영문을 알 수 없다는 것이었다.

정경장로와 정경총령 등이 반나절에 걸쳐서 남궁산을 심문했으나 아무런 소득도 얻지 못하고 결국 돌려보내야만 했다.

동생 때문에 형에게 연대책임을 물을 수는 없는 일이기 때문이다.

어쨌든 남궁엽이 기개세를 살해하려다가 우연을 죽였다는 사실은 대정숙을 발칵 뒤집어놓았다.

"소옥군 생도, 평소에 남궁엽 생도에게서 이상한 점을 발견하지 못했소?"

정경관에 불려간 소옥군은 탁자에 정경총령과 마주 앉아서 그의 첫 질문을 받았다.

오청반의 하나인 오대군림에 속한 대정생도 이십육 명은 모두 정경관에 불려가서 한 명씩 정경총령과 면담을 하고 있는 중이며, 지금은 소옥군의 차례였다.

소옥군은 눈에 띌 정도로 해쓱한 모습이었다. 아름다움은 여전했으나 눈 밑이 검고 입술이 까칠했으며 안색이 창백해서 병을 앓고 있는 듯했다.

하지만 그런 것이 오히려 묘한 매력과 아름다움을 발산하고 있었다.

또한 그녀는 기개세가 준 비녀를 머리에 꽂고 있지 않았다.

"저는 그 사람과 말을 나눈 적도 없어요."

소옥군이 대답했다. 구태여 티를 내지 않으려고 해도 목소리는 힘이 없고 표정은 쓸쓸했다.

정경총령은 약간 눈을 빛냈다. 지금부터 본격적인 질문을 하겠다는 뜻이다.

"남궁엽 생도가 소옥군 생도를 이성적으로 좋아했다고 하던데… 사실이오?"

소옥군의 눈에 귀찮다는 기색이 흐릿하게 스쳤다.

"모르는 일이에요."

정경총령은 소옥군에 앞서 오대군림의 다른 생도들과 면담하는 과정에서 한 가지 사실을 알아냈다.

남궁엽이 소옥군을 연모하고 있다고 공공연하게 친구들에게 떠벌였으며, 그가 직접 몇 차례에 걸쳐서 소옥군에게 자신의 마음을 고백하기도 했다는 것이다.

"그가 소옥군 생도를 몇 번 만났다는 사실을 알고 있소."

소옥군은 파리하고 까칠한 입술을 꼭 다물었다.

"소옥군 생도는 원래 능소지에 속해 있다가 탈퇴하고 그 직후에 오대군림에 가입하지 않았소? 능소지에서는 무엇 때문에 탈퇴한 것이오?”

정경총령은 꽤 많은 것을 알고 있고, 또 집요했다.

그러나 그가 집요하면 할수록 소옥군의 표정은 착잡하게 변해갔다.

“소옥군 생도가 유영 생도와 연인 사이라는 것을 대정숙에서 모르는 사람이 없소. 소옥군 생도가 능소지를 탈퇴한 이유는 그와 다투었기 때문이 아니오?”

소옥군은 어지럽고 속이 메스꺼워서 머리가 빙빙 돌았다. 한시바삐 이 자리를 벗어나고 싶은 마음뿐이다.

그녀는 무릎에 올려놓은 두 손을 꼭 쥐었다. 손톱이 손 안으로 파고들면서 통증이 느껴지자 어지러움이 조금 나아지는 것 같았다.

작은 고통이 큰 고통을, 육체적인 고통이 정신적인 고통을 달래준다는 모순이 그녀를 또한 우울하게 만들었다.

정경총령은 팽팽하게 당겼던 줄을 약간 늦추었다.

“유영 생도와 함께 있던 우연 생도가 남궁엽 생도에게 살해당했소. 그리고 유영 생도는 두 번에 걸친 습격으로 만신창이가 되었소. 지난번에는 팔을 심하게 다쳤으나 이번에는 가슴을 관통당했소. 그로 인해 폐에 구멍이 뚫렸소.”

소옥군의 속눈썹이 파르르 떨리는 것을 정경총령은 놓치지 않았다.

“소옥군 생도가 알고 있는 것을 말해주지 않으면 이 사건은 계속 미궁에 빠져 있을 것이오."

정경총령은 소옥군에게서 시선을 떼지 않았다.

"소옥군 생도가 유영 생도를 미워하는 것은 알지만, 부디 사실을 말해주었으면 좋겠소."

'그를 미워한다고?'

문득 그녀는 작은 반발심이 생겼다. 그러나 곧 처연한 표정을 지었다.

'맞아. 나는 그를 미워해.'

그녀의 마음속에서 모순이 모순으로 악순환을 계속했다.

"유영 생도를 미워하기 때문에 남궁엽 생도를 사주하여 그를 죽이라고 한 것이 아니오?"

정경총령의 목소리는 나직했으나 그가 말하는 내용은 소옥군의 머릿속과 심장을 후벼 팠다.

소옥군은 원망스러운 눈빛으로 정경총령을 바라보았다.

그리고 심장을 쥐어짜 내는 듯한 말.

"당신은 사랑하는 사람을 죽이나요?"

정경총령은 움찔했다.

소옥군은 그 말 이외에 아무 말도 하지 않았으나 정경총령은 더 듣지 않아도 진실을 알 것 같았다.

누군가를 미워하면서 또 사랑하는 것은 너무도 힘든 일이다.

소옥군은 눈물을 보이지 않으려고 애쓰면서 정경총령이

듣기를 원하는 말을 해주었다.

"남궁엽은 제게 몇 차례 찾아와서 무슨 말을 했어요. 하지만 나는 그의 말이 한마디도 귀에 들어오지 않았고, 한마디도 응해주지 않았어요. 그게 전부예요."

정경총령은 오대군림의 나머지 생도들을 면담한 후에 보고서를 작성했다.

금번 사건은 소옥군 생도가 아직도 유영 생도를 사랑하고 있는 마음이 깊다는 사실을 알아차린 남궁엽 생도가 질투에 눈이 멀어 유영 생도를 살해하려고 했던 것으로 사료됨.

소옥군은 오대군림 전각인 군림각(君臨閣)으로 가지 않고 원래의 거처인 임생전으로 향했다. 오대군림 사람들하고는 어울리고 싶지 않았다.

그녀는 걷고 있으나 마치 자꾸만 깊은 진흙탕 속으로 빠져드는 듯한 느낌이었다.

머릿속에서는 기개세에 대한 생각이 끝없이 꼬리를 물고 이어졌다.

정경총령을 만난 이후부터는 기개세에 대한 생각으로 머리가 터질 지경이 되었다.

그냥 막연하게 떠오르는 생각이라는 것은 도무지 사람의 의지에 따라주지 않는다.

그래서 아무리 생각하지 않으려고 해도 한 번 숨을 쉴 때마다 기개세에 대한 생각이 떠오르는 듯했다.

능소지를 탈퇴한 그녀가 오대군림에 가입을 한 것은 별다른 뜻이 있어서가 아니었다.

오청반의 임당아화와 청륜남창공, 그리고 팔세영웅은 구대문파와 무림팔대세가 출신만 가입을 할 수가 있다.

반면에 나부파와 해남도, 사천당문 등이 주축인 천중천추와 과거 무림오대세가의 후예들이 주축인 오대군림은 일반 생도들도 가입할 수 있다.

기개세를 잊고 열심히 무공 연마와 학습에만 전념하려고 다짐한 소옥군은 그 둘 중에서 무작위로 오대군림에 가입을 한 것이다.

가입 이유는 오대군림에 아는 사람이 아무도 없다는 사실이다. 하지만 그것은 그녀 입장일 뿐, 대정숙에서 강남천궁 소옥군을 모르는 사람은 아무도 없었다.

문득 소옥군은 걸음을 멈추고 고개를 살래살래 가로저었다. 자꾸만 기개세의 웃는 모습이 망막에 떠오르기 때문에 떨쳐 버리려는 것이다.

그녀를 가장 괴롭히는 것은 기개세에 대한 온갖 기억들이다.

그와 함께 지냈던 나날은 그다지 길지 않은데도 기억들은 왜 그리 많은지 모를 일이다.

그와 함께 지낸 나날 동안 그녀가 즐거웠던 것은 부인할 수 없는 사실이다.

아니, 사실 그녀가 살아온 십칠 년 짧은 생애 동안 그처럼 즐거웠던 적은 단 하루도 없었다.

하지만 지금은 기개세와 지냈던 기억 때문에 그녀는 아무 것도 할 수가 없는 실정이다.

무공 연마도 학습도 도대체 깊이 빠져들지 못했다. 그러므로 도무지 진전이 없었다.

어떨 때에는 그가 짓궂게 굴던 일들, 그녀의 엉덩이와 몸을 은근슬쩍 만지고, 그래서 그를 집어 던졌던 기억들까지 그리워져서 그녀를 당황하게 만들기도 했다.

사실 그녀는 기개세 속곳 속에 뱀이 똬리를 틀고 있는 줄 알고 그의 음경을 사정없이 잡아당긴 적도 있었다.

그뿐인가. 갈병(일사병)에 걸려서 죽어가는 그에게 여자가 남자에게는 죽어도 할 수 없는 일을 해서 그를 살리기까지 했다.

그 일은 죽는 순간까지도 자신만의 비밀로 간직할 작정이다.

'미쳤었지, 내가.'

시도 때도 없이 불쑥불쑥 떠오르는 그 두 가지 일이 지금도 느닷없이 떠오르자 소옥군은 얼굴이 빨개져서 갑자기 빠르게 걸음을 옮기면서 고개를 흔들었다.

그런데도 그 생각이 떨쳐지기는커녕 어제의 일처럼 더욱 생생하게 떠올랐다.

그 당시에 그녀는 너무도 절박했었다. 물을 먹이지 못한 기개세는 길어야 일각 안에 숨이 멈출 것만 같고, 물을 구하러 간 진운상은 돌아올 기미가 없었다.

곱게만 자랐던 소옥군이 그런 절박한 상황에 처하기는 난생처음이었다.

하지만 기개세에게 물을 먹이기만 하면 살아난다는 사실은 너무도 자명했다.

그래서 결국 그녀는 고심에 고심을 거듭하다가 한 가지 최후의 결단을 내릴 수밖에 없었다.

오줌을 먹이는 것이다.

갈병에 걸린 사람에게는 물을, 그것도 소금물을 먹이는 것이 최고로 좋은 방법이라는 것을 그녀는 잘 알고 있었다.

그리고 오줌에는 소금기가 들어 있어서 그 당시의 기개세에겐 최적의 치료 방법이었다.

결국 소옥군은 기개세에게 자신의 오줌을 먹이기로 어려운 결심을 내렸다.

하지만 난관이 하나 더 남아 있었다. 오줌을 담을 그릇이나 마땅한 용기가 없는 것이다.

거기에서 다시 고심을 한 소옥군은 어쩔 수 없이 가장 원초적이면서도 직접적인 방법을 사용하기로 결단을 내렸다.

누워 있는 기개세의 얼굴 위에 속옷을 벗고 걸터앉아서 직접 그의 입에 오줌을 누는 방법이었다.

만약 기개세가 정신이 조금이라도 있는 상황이라면 죽어도 실행하지 못할 방법이었다.

소옥군은 입술을 깨물고 눈을 질끈 감고는 속곳을 내리고 뽀얀 엉덩이를 내놓은 채 기개세 얼굴 위에 다리를 벌리고 걸터앉아 소변을 보았다.

기개세의 입을 강제로 벌려놓았으나 정확하게 조준이 되지 않아서 오줌의 절반은 입속으로, 절반은 그의 얼굴을 흠뻑 적셔 버렸다.

마침 소옥군은 소변이 매우 마려웠던 터라 그 양이 꽤나 많았다.

어쨌든 우여곡절 끝에 기개세는 기사회생을 했다.

하지만 기개세는 자신이 소생한 밑바닥에 소옥군의 그처럼 갸륵하고 처절한 살신성인이 숨어 있다는 사실을 꿈에도 상상하지 못했다.

소옥군이 생애 처음이자 마지막인 방법으로 천신만고 끝에 살려놓았더니, 그것도 모르는 기개세는 제가 잘난 줄로만 알고 오늘도 청명한 하늘 아래에서 웃고 떠들면서 살아가고 있는 것이다.

언제나 그 생각만 하면 소옥군은 얼굴이 능금처럼 붉어지기 일쑤였다.

기개세는 모르는, 그녀만 알고 있는 그런 끈끈한 인연 때문
에 그녀는 기개세에게 너무도 각별한 애정을 품고 있었다.

사람이 일평생을 살아가는 동안에 자신의 오줌을 먹일 수
있는 기회가, 그것도 그 사람 얼굴 위에 아랫도리를 훌러덩
까고 걸터앉아서 방뇨를 할 수 있는 기회가 도대체 몇 번이나
있겠는가.

'정말 미워 죽겠어.'

그런데 아무것도 모르는 기개세는 알몸으로 여자들과 함
께 침상에서 뒹구는 광경을 소옥군에게 보여주어 그녀를 절
망에 빠뜨린 것이다.

진운상과 손진, 유정은 능소당에서 이십여 장쯤 떨어진 다
리 위 난간가에 서서 호수를 굽어보고 있다.

"그때 운상은 그들을 알아본 듯한 표정이었어."

손진이 잔잔하게 일렁이는 수면에서 시선을 떼지 않으며
나직이 중얼거렸다.

"그들이 누구였지?"

불쑥 꺼낸 말이지만 진운상은 그녀가 무슨 말을 하는 것인
지 알고 있었다.

첫 외박을 나갔다가 대정숙으로 돌아오는 날, 거리에서 기
개세가 습격을 당한 직후에 그의 주위로 몰려들었던 네 명,
즉 천검사영을 가리키는 것이다.

　그때 진운상은 그들 중에서 누군가를 알아보는 듯한 표정을 지었고, 손진은 그것을 본 것이다.

　조금 전에 손진은 할 말이 있다면서 진운상을 능소당 밖 다리로 불러냈는데, 마침 산책을 나오는 길이던 유정이 따라 나왔다.

　손진의 물음에 진운상은 호수 건너편을 응시하면서 잠시 침묵을 지켰다.

　유정은 손진이 무슨 말을 하는지 알아듣지 못하고 의아한 표정을 짓고 있었다.

　한참이나 대답이 없자 손진은 수면에서 시선을 거두고 허리를 펴고서 진운상을 쳐다보았다.

　"그들 중에서 알아본 사람이 없었어?"

　그녀는 한 살 많은 진운상에게 스스럼없이 반말을 할 정도로 친해졌다. 그녀가 그럴 수 있는 것은 오직 기개세의 영향 때문이었다.

　진운상은 골똘하게 생각을 하는 표정으로 여전히 대답을 하지 않았다.

　손진은 그의 반응을 보고 자신이 묻는 것 외에도 그가 뭔가를 더 알고 있을 것이라는 추측을 했다.

　그리고서도 한참 더 생각하던 진운상은 손진이 아니라 유정에게 진지한 얼굴로 물었다.

　"정아, 너 둘째 오빠에 대해서 우리에게 할 말이 없니?"

유정은 무슨 뚱딴지같은 소리냐는 표정을 지었다.

"둘째 오빠에 대해서라니, 그게 무슨 말이야?"

"그러니까 그에 대해서 우리가 모르고 있는 것이 있느냐는 말이야."

유정은 뜨끔했다. 기개세가 돈을 내고 낙성검가의 양아들로 입적한 사실이 찔렸기 때문이다.

"무슨 소리야? 그럼 설마 둘째 오빠가 내 친오빠가 아니라는 뜻이야?"

사실 그녀는 그 사실을 까맣게 잊고서 기개세가 자신의 친오빠라고만 철석같이 생각하고 있었다.

그런 마음이었기에 본능적으로 더 날카로운 반응을 하여 목소리가 뾰족해졌다.

진운상은 유정이 지나친 반응을 한다는 생각이 들었다. 그리고 그녀가 조금 당황하고 있는 것을 간파했다.

그는 그것을 물으려던 것이 아닌데 뜻하지 않은 또 한 가지의 의문이 생겼다.

'설마 유 형이 낙성검가의 친아들이 아니라는 것인가?

하지만 그 문제는 일단 접어두기로 했다. 지금 물으려는 것은 그것이 아니기도 하지만, 유정이 지나치게 예민해졌기 때문이다.

"내 말은 그게 아니다, 정아."

유정은 입술을 삐죽거리며 경계의 표정을 지우지 않았다.

"그럼 뭔데?"

진운상은 그 모습이 꽤나 귀엽다는 생각을 하면서 진지한 표정을 지우고 대신 엷은 미소를 지어 보였다.

"유 형이 낙성검가의 차남이라는 것 말고 다른 신분이 있는 것 같아서 묻는 거야."

"다른 신분? 그게 뭐지?"

유정은 오히려 의아한 얼굴로 진운상에게 물었다.

진운상은 그녀가 기개세에 대해서 자신보다 더 모르고 있다는 생각이 들어 이쯤에서 그만두기로 했다.

"아무것도 아니다."

"상 가가, 둘째 오빠의 다른 신분이라니, 대체 뭔데 그래? 정말 궁금해 죽겠어."

진운상은 잘못 건드렸다는 생각에 씁쓸함을 금치 못했다.

그때 손진이 그를 구해주었다.

"운상, 연공실에 가서 나 승급 시험 준비하는 것 좀 도와주지 않을래?"

손진이 능소당으로 향하자 진운상은 급히 그녀를 뒤따랐다.

진운상은 자신이 궁금하게 여기고 있는 문제를 나중에 기개세에게 직접 물어봐야겠다고 생각했다.

기개세가 두 번째 외박을 나갔다가 돌아온 지도 벌써 닷새가 지나고 있다.

　그는 외박을 나가 낙성검가에서 자신이 두 번씩이나 습격을 당한 일에 대해서 천검사신위와 심각하게 상의를 했다.

　첫 번째 습격이 길상만교 고수에 의해서 이루어졌고, 두 번째는 남궁세가의 넷째 아들인 남궁엽의 소행이었다는 사실은 이미 대정숙 내에 있는 천검사호문 출신 정도고수에 의해서 천검사신위에게 전해져 있었다.

　천검사신위의 수석(首席)이라고 할 수 있는 태극문주 도기운은 길상만교와 남궁세가에 대해서 적절한 조치를 취하겠다고 했다.

　기개세가 두 번째 외박에서 가장 중요하게 여긴 일은 천검사신위의 홍일점 우지화와 천검사영의 우림에게 우연의 죽음에 대해서 진심으로 용서를 구한 일이었다.

　이미 막내동생의 죽음을 알고 있는 우지화와 우림은 오히려 우연 때문에 기개세가 심려하는 것을 걱정하였다.

　또한 위급한 상황에서 기개세를 구할 수만 있다면 막내동생뿐만 아니라 취봉문 전체가 몰살을 당한다고 해도 기쁘게 감수하겠다면서 그를 위로하였다.

　그녀들이 진심으로 그런다는 것을 깨달은 기개세는 더욱 미안해서 어쩔 줄을 몰라 했다.

　또한 천검신문을 호위하는 천검사호문의 각오가 그 정도로 단호하다는 사실을 새삼스럽게 깨달았다.

그래서 자신의 신분과 책임이 얼마나 막중한지를 더불어 알게 되었다.

기개세의 생활은 그의 생각보다 훨씬 더 빠르게 변화하고 있는 중이다.

최초에 천검사신위를 만난 이후에도 변함없었던 그의 장난기와 느긋한 성격은 두 번의 습격을 계기로 크게 바뀌었다.

첫째, 매사에 몹시 신중해졌다. 무슨 일이든, 아무리 작은 일이라도 대충 하지 않고 깊이 생각하게 되었다.

둘째, 말수가 많이 줄었다. 하루 종일 붙어 있는 나운상은 그가 갈수록 말수가 줄어서 요즘에는 하루에 열 마디 이상 듣는 경우가 드물었다.

셋째, 무공의 절실함을 깨닫고 천신록상의 절학을 연마하는 데 전력을 다하게 되었다.

우당탕!

"으윽!"

기개세는 연공실 바닥에 볼썽사납게 나뒹굴면서 묵직한 신음을 흘렸다.

"헉헉헉!"

그는 쓰러진 김에 아예 바닥에 길게 대 자로 누워서 가슴을 심하게 들썩이면서 거친 숨을 몰아쉬었다.

그러나 열 호흡이 지나기도 전에 그는 일어나려고 손으로 바닥을 짚으면서 상체를 일으켰다.

“으으……”

그런데 온몸이 조각조각 부서질 듯이 고통스러우면서 상체가 일으켜지지 않았다.

“그냥 누워서 더 쉬도록 하세요.”

그때 한쪽에서 지켜보며 서 있던 나운상이 다가오면서 염려스러운 표정으로 말했다.

그러나 기개세가 듣지 않고 계속 상체를 일으키려고 하자 그녀는 옆에 단정하게 무릎을 꿇고 앉아 손으로 지그시 그의 가슴을 눌러 도로 눕게 하였다.

“외박을 나갔다가 돌아오신 후 닷새 동안 하루에 한 시진 남짓 주무시는 것 말고는 온종일 무공 연마에만 전력하셔서 주군의 옥체가 지나치게 혹사당했어요.”

“상아, 비켜라.”

땀범벅인 기개세는 그녀의 말을 들으려 하지 않고 조용한 어조로 말했다.

“이렇게 서두르신다고 해서 무공이 갑자기 완성되는 것이 아니에요.”

“명령이다. 비켜라.”

기개세가 다시 말했다. 고압적이지도 언성을 높이지도 않았으나, 나운상은 나직한 그 말에 도저히 항거할 수 없음을 깨닫고 그를 조심스럽게 부축해서 일으켰다.

그러면서 슬쩍 그의 맥을 짚어보고는 안색이 변했다.

'맙소사! 기력이 완전히 고갈되셨잖아.'

나운상이 어떤 반응을 보이기도 전에 기개세는 그녀를 뿌리치고 연공실의 한쪽 끝으로 걸어갔다.

나운상은 그가 쓰러질 듯이 비틀거리며 걸어가는 모습을 보면서 착잡한 표정을 지었다.

'사신위의 권유를 들으시지 않고 어째서 대정숙에 계시는 것을 고집하시는지…….'

그녀는 기개세의 두 번째 외박에 담신기와 함께 동행을 하여 낙성검가에 다녀왔다.

물론 능소지 친구들도 모두 낙성검가에 갔으나, 첫 번째와는 달리 소옥군과 우연이 함께 가지 못했다.

낙성검가에서는 능소지 친구들의 의심을 사지 않기 위해서 담신기는 그들과 어울리고 나운상은 여느 때처럼 기개세를 최측근에서 호위하여 천검사신위를 만났다.

그때 천검사신위는 기개세의 안위를 염려하여 대정숙에서 퇴교할 것을 다시 한 번 강력하게 권유했다.

하지만 기개세는 '불가(不可)' 한마디만 하고는 끝내 입을 다물어 버렸다.

'혹시…….'

문득 나운상은 어떤 생각이 뇌리를 스쳤다.

'내게 말씀하셨던 그것 때문에…….'

그녀는 기개세가 자신의 부족함에 대해서 고백을 하고 도
와달라고 말했던 기억을 떠올렸다.

천검신문 태문주 후계자라는 엄청난 신분의 기개세가 어
째서 대정숙에서 머무는 것을 고집하는지에 대해서 생각하던
나운상은 결국 그 이유를 깨달았다.

'맞아! 주군께선 대정숙의 인성교육(人性敎育)이 필요하신
거야.'

기개세는 예전의 자신을 '인간 말종'이라고 했다. 그리고
반듯한 천검신문의 태문주가 되고 싶다면서 나운상에게 도와
달라고 부탁했다.

나운상은 기개세가 최고의 무공과 최상의 인품을 고루 갖
춘 진정한 천검신문 태문주가 되려 한다는 사실을 알았다.

그래서 그녀는 새삼스럽게 존경스러운 표정으로 기개세를
바라보았다.

그런데 거의 쓰러질 듯이 걸어가고 있던 기개세가 어느새
똑바로 당당하게 걸어가고 있었다.

방금 전에 나운상이 맥을 짚었을 때에는 한 움큼의 기력조
차 없었던 그이거늘, 사지를 뻗고 드러누워서 그대로 혼절을
해버려도 이상할 것이 없을 정도였던 그가 상체를 꼿꼿하게
세운 채 연공실 끝을 향해서 성큼성큼 걸어가고 있다.

'아! 바로 저런 것인가, 천검신문 태문주 후계자의 진정한
모습이······.'

나운상은 가슴이 뭉클함을 느끼며 기개세에게서 눈을 떼지 못했다.

기개세는 놀라운 정신력을 보여주고 있는 것이다.

연공실 끝에 도착한 그는 벽을 등지고 몸을 돌려 맞은편 벽을 향해 우뚝 섰다.

현재 그는 천신록의 절학 중에서 두 가지를 한꺼번에 연마하고 있는 중이다.

장법인 천옥신장(天玉神掌)과 경공인 신전비(迅電飛)다.

기개세가 처음에 사부 독고성을 만났을 때 그가 남긴 서찰에 천옥신장을 익혀서 그것으로 천신동을 나가라고 했었는데 이제야 그것을 배우기 시작했다.

그리고 신전비는 더 이상 설명이 필요하지 않은, 이 땅 위에서 가장 빠르다는 경공이다.

현재 기개세는 하루를 둘로 나누어서 낮에는 천옥신장을, 밤에는 신전비를 연마하고 있었다.

두 번째 외박을 나가기 전부터 연마하기 시작했으며, 비록 지금은 일성(一成)에도 미치지 못하는 수준이지만 굴하지 않고 전력을 다하고 있다.

나운상이 지켜보고 있는 가운데 기개세가 상체를 앞으로 약간 숙인 자세에서 오른발 발끝으로 가볍게 바닥을 박차면서 전면으로 쏘아나갔다.

슈욱!

나운상은 초조한 표정을 지으며 눈으로 기개세의 모습을 뒤쫓았다.

그러나 기개세의 쏘아나가는 모습은 눈으로 쫓을 수 없을 정도로 빨랐다.

쿵!

나운상의 눈이 기개세의 잔영을 쫓고 있을 때 예의 둔탁한 음향이 터졌다.

그녀가 겨우 눈으로 기개세의 모습을 따라잡았을 때, 그는 전면의 벽에 호되게 충돌했다가 바닥에 나뒹굴고 있었다.

그는 신전비를 전개하면서 방향을 전환하는 방법을 연마하고 있는 중이다.

그런데 연공실의 길이가 삼 장 남짓으로 매우 짧은데다, 채 일성도 익히지 못한 신전비의 속도가 워낙 빨라서 방향을 전환하려고 시도하기도 전에 번번이 벽하고 충돌을 하고 있는 것이다.

원래 경공은 탁 트인 넓은 곳에서 연마해야 하지만 그러지 못하는 형편이라서 생고생만 하고 있다.

기개세는 이번에는 조금 전처럼 거칠게 숨을 몰아쉬지도, 움직이지도 않았다.

그가 바닥에 엎어진 채 꼼짝도 하지 않자 더럭 겁이 난 나운상은 쏜살같이 그에게 쏘아갔다.

급히 살펴보니 기개세는 이미 혼절한 상태였다. 기력이 고

갈된 데다가 벽하고 충돌을 한 충격 때문이다.

　나운상은 즉시 바닥에 책상다리로 앉아서 그의 몸을 끌어당겨 뒷머리를 자신의 한쪽 허벅지에 얹은 후 손바닥을 펼쳐서 가슴에 대고 부드러운 진기를 주입시켰다.

　이어서 추궁과혈의 수법으로 그의 상체를 부드럽게 주물러 주었다.

　옷을 벗겨보지 않아도 그의 온몸이 멍투성이고 뼈가 어긋나거나 근육이 뭉치고 짓이겨진 상태라는 것을 나운상은 잘 알고 있다. 그가 쉬지 않고 경공을 연마하는 것을 줄곧 지켜봤기 때문이다.

　상체를 마친 나운상은 그를 바닥에 똑바로 눕히고는 이번에는 하체를 주무르기 시작했다.

　아미파의 고명한 추궁과혈 수법을 발휘하면서 부드러운 진기를 주입시키면 멍든 것이나 뼈가 어긋난 것, 짓이겨진 근육 정도는 어렵지 않게 원상회복시킬 수가 있다.

　나운상은 반 시진에 걸쳐서 음경 한 부위만을 제외한 기개세의 온몸을 정성껏 주물렀다.

　그녀는 이마에 송알송알 맺힌 땀을 닦을 생각도 하지 않고 기개세의 맥을 짚어보고는 안도의 표정을 지었다.

　맥이나 기혈의 흐름, 심장 박동 등이 안정되기 시작했다.

　그제야 그녀는 들릴 듯 말 듯 긴 한숨을 토해내면서 이마의 땀을 닦았다.

“……?”

그러나 다음 순간 그녀는 무엇인가를 발견하고 의아한 표정을 지으면서 뚝 동작을 멈추었다.

기개세의 하복부 아래쪽, 그러니까 두 개의 허벅지가 시작되는 부위가 이상하리만치 높게 솟아올라 있는 것을 그제야 발견한 것이다.

만약 평범한 굵기이며 높이였다면 아무리 순진한 나운상이라고 해도 그것이 무엇인지 단번에 알아차렸을 것이다.

사실 그것의 정체는 기개세를 알고 있는 모든 여자들을 질겁시켰던 바로 신비의 괴물체 음경이다.

그는 비록 혼절한 상태지만 나운상이 나긋나긋한 손길로 온몸을 주무르자 주인을 닮지 않은 정직한 성격의 음경이 여지없이 반응을 보인 것이다.

‘혹시 주군의 옥체에 무슨 이상이…….’

그것이 발기한 음경이라고는 꿈에서조차 상상하지 못하는 순진한 나운상은 더럭 겁이 났다.

확!

그래서 황급히 기개세의 바지 허리끈을 풀고 거칠게 아래로 잡아끌었다.

팅!

다음 순간 무엇인가 단단한 물체가 고개를 숙이고 있던 나운상의 코를 후려쳤다.

“……!”

나운상으로서는 생전 처음 보는 물건이다. 그녀의 팔뚝 하나가 단단하게 솟아 있는 광경인데, 바지와 속곳이 한꺼번에 벗겨지면서 그것이 벌떡 튕기듯 일어나며 그녀의 콧등을 후려친 것이다.

‘이… 이것은 설마…….’

아름다운 두 눈을 깜빡이면서 그 물건을 유심히 살펴보던 나운상은 결국 그것의 정체를 어렴풋이 알 것 같았다.

그 물건만 보면 도저히 정체를 알아낼 수가 없다.

그러나 그것이 기개세의 사타구니 한복판에 장엄하게 우뚝 솟아 있으며, 그것의 뿌리 주변에 시커먼 거웃이 수북하게 자라 있다는 주변 환경 등을 고려해 봤을 때 그것은 사내의 음경이 분명했다.

‘악!’

순간 그녀는 속으로 자지러질 듯한 비명을 터뜨리며 황급히 두 손으로 얼굴을 감싸며 외면했다.

온몸의 피가 얼굴로 몰린 듯이 화끈거렸으며, 심장이 미친 듯이 쿵쾅거렸다.

‘모… 몰라……. 어떻게 해…….’

눈을 꼭 감고 두 손으로 얼굴을 가렸는데도 방금 보았던 그 엄청난 크기의 괴물 같은 것이 생생하게 망막에 새겨졌다.

머릿속에서 마구 떠오르는 기억을 어떻게 할 수 없는 것은 소옥군만의 고민이 아니다.

나운상의 문제는 기억이 아니라 상상력이다. 방금 본 음경으로 인하여 실로 무궁무진한, 그리고 실화 같은 장면들이 그녀의 눈앞에서 마구 펼쳐지고 있었다.

물론 그 음경에 대한 상상의 상대역은 나운상 자신이었다.

다급해진 그녀는 마음을 가라앉히려고 애쓰면서 가부좌로 틀고 앉아 운공조식을 시작했다.

괴상한 광경이다. 기개세는 혼절한 채 음경만 우뚝 서 있고, 그 옆에서 나운상은 운공조식을 하고 있으니, 그 광경을 누가 본다면 영원히 인구에 회자될 터이다.

약 일각의 시간이 흐른 후 마음이 어느 정도 진정되자 나운상의 머리를 스치는 것이 있었다. 서둘러서 음경을 원위치시켜야 한다는 사실이다.

'악!'

떨리는 마음을 다잡으면서 가만히 눈을 뜨던 그녀는 속으로 비명을 터뜨렸다.

그 괴물 같은 것이 여전히 우뚝 서 있는 것이었다. 아니, 무엇을 요구하는 것인지 꺼떡거리기까지 했다.

'어… 어서……'

그녀는 달달 떨리는 손을 내밀어 음경을 잡았다.

그런데 마치 불덩어리를 잡은 듯 손이 뜨거웠고, 그것이 손 안에서 마치 싱싱한 생선처럼 펄떡거렸다.

순간 그녀는 후다닥 손을 뗐다가 잠시 후에 다시 잡을 수밖에 없었다.

어쨌든 그것을 다시 제자리에 안치시키고 속곳과 바지를 입혀야 하기 때문이다.

크게 심호흡을 한차례 한 후 두 손으로 음경을 덥석 잡고 제자리에 돌려놓으려고 아등바등 용을 썼으나 결코 쉬운 일이 아니었다.

"끙… 끙……"

그녀가 땀을 뻘뻘 흘리면서 사투(?)를 벌이고 있을 때 갑자기 조용한 목소리가 그녀의 고막을 후려쳤다.

"상아, 뭘 하고 있는 것이냐?"

나운상은 두 손으로 음경을 움켜잡은 채 멀뚱한 표정으로 기개세를 바라보았다.

*　　　*　　　*

소옥군은 다시는 오대군림의 군림각으로 가지 않기로 작정했다.

그녀는 임생전의 재당에서 늦은 저녁을 먹고 자신의 방으로 돌아와 운공조식을 하기 위해서 침상 위에 가부좌의 자세로 앉았다.

단전의 오십 년 공력을 끌어내서 서서히 기경팔맥으로 흘려보냈다.

그러다가 어느 순간 그녀는 눈을 번쩍 떴다.

이상한 기운을 느낀 것이다. 평소 운공조식을 할 때의 그런 청명한 기운이 아니라, 뭔가 뜨거운 것이 너무도 빠르게 온몸으로 퍼져 나갔다.

운공조식을 멈췄으나 뜨거운 기운은 멈추지 않고 운행을 계속했다.

그러더니 채 다섯 호흡이 지나기도 전에 호흡이 가빠지고 심장이 두근거렸으며 온몸에서 열기가 화끈거리는 것이 느껴졌다.

그런 느낌은 생전 처음이지만 그것이 무엇인지는 어렵지 않게 알 수 있었다.

욕정(欲情)이다. 즉, 그녀의 육체가 맹렬하게 사내를 요구하고 있는 것이다.

문득 그녀는 조금 전에 재당에서 강화와 종화가 환하게 웃으면서 갖다 주었던 음식을 기억해 냈다.

'설마 음식에 춘약이……'

그러나 생각은 길게 이어지지 않았다. 아니, 이어질 수가 없었다.

조금 전의 그 열기와 욕정은 전주에 불과했다. 춘약이 온몸에 완전히 퍼졌는지 그녀는 마치 불구덩이 속에 빠진 것처럼 몸이 뜨겁고 호흡이 가빠지는 것을 느꼈다.

"아아… 하아……!"

털썩!

그녀는 그대로 뒤로 쓰러져서 침상에 누웠다.

너무 뜨거워서 몸이 그대로 타버릴 것만 같았다.

그래서는 안 된다고 생각하면서도 이미 두 손은 상의를 벗겨내고 있었다.

'너무 더워. 죽을 것 같아……. 아…….'

척!

그때 방문이 열리면서 한 사람이 안으로 들어섰다.

그는 몇 걸음 실내로 걸어 들어와 침상 옆에 멈추었다.

그리고는 너무도 뽀얀 소옥군의 상체와 아기 손바닥만 한 젖가리개가 겨우 가리고 있는 풍만한 가슴을 이글거리는 눈빛으로 쏘아보았다.

"흐흐흐… 강남천궁은 실로 우물(尤物)이로구나…….."

그렇게 중얼거리는 사내는 오대군림의 발장인 남궁산이었다.

그는 천천히 침상으로 다가갔다.

『대사부』제6권에 계속…

武林君子
무림군자
장진영 新무협 판타지 소설

무림은 그를 영웅이라 불렀고,
그는 자신을 소인이라 칭했다.

"사람이 가져야 할 것 중 가장 기본은 인의(人義). 자신이 정한 바
를 흔들림없이 나아가는
것이 바로 군자의 도(道)다."

얽히고설킨 그들의 인연에 의해 시간의 수레바퀴가 돌아가고,
숨죽였던 무림이 풍룡과 함께 웅대한 날개를 펼친다!!

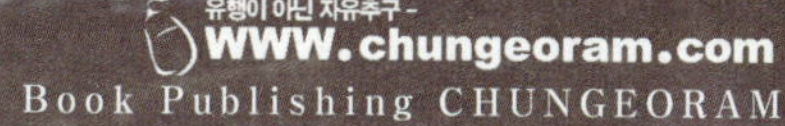

유행이 아닌 자유추구 -
WWW. chungeoram.com
Book Publishing CHUNGEORAM

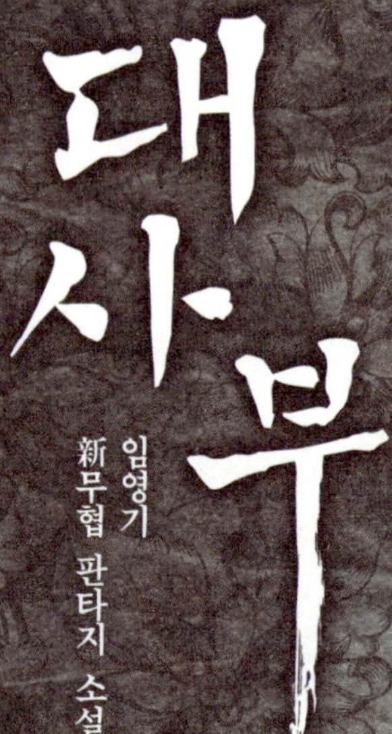

대사부

임영기 新무협 판타지 소설

大邪夫

천하제일 사고뭉치며 천하제일 기세를 지닌
천하제일 사파 후계자가 천하제일 문파를 계승하여
천하제일 성녀와 사랑하고
천하제일 거대 음모와 맞선다.

大邪夫

"누구든지 덤벼봐. 내가 바로 기개세야.
천하제일 기개세 말이야."